Nach Delft gehen

Peter Stobbe

Nach Delft gehen

Erzählung vom Malen

Libelle

Seit Tagen zögert er, das Bild zu malen. Immer wieder streicht er mit den Händen über die glatte Oberfläche des Holzes, tritt zurück und läuft um den Tisch herum. Er bleibt stehen und schließt die Augen. Es ist still. Es ist so still, als wäre die Welt stehen geblieben. Kein Zweig bewegt sich, nichts raschelt, kein Knistern ist zu hören. Eine Kappe aus bleischwerer Luft liegt über den Dingen. Sie schnürt und gürtet und macht aus den flüchtigen Bewegungen und dem Strömen der Gegenstände etwas Starres. Die Dinge versinken, weil sie so starr, weil sie so schwer sind. Sie versinken so sehr in sich selber, dass sie sichtbar werden, dass sie sich herausschälen aus der Luftumgebung und aus dem Gitterwerk der Oberflächen. Ihr Aufeinandertreffen, ihr zufälliges Erscheinen ist eine Erfindung, vielleicht sogar eine Lüge. Auch wenn die Dinge fortwollten, müssen sie dort bleiben. Für das eine Mal sind sie an ihrem Platz, wenn auch bloß als die Vorstellung von etwas Möglichem. Als eine Möglichkeit unter vielen anderen.

Er sagt: Es braucht Zeit, damit aus den Vorstellungen etwas wird. Es braucht Zeit, die Welt anzuhalten und die Gegenstände aus ihrer Gebrauchsfestigkeit herauszunehmen. Es braucht Zeit, sie neu zu ordnen.

In den Häusern ist es kalt um diese Jahreszeit. Die Sonnenwärme der letzten Tage ist nicht weiter vorgedrungen als bis in die äußerste Schicht des Mauerwerks. Das Trüblicht des Morgens hat sich verflüchtigt. Der Himmel ist bedeckt. Die Lichthelligkeit hat haarfeine Öffnungen, aus denen ein Tagesumriss herausrinnt. Die Bäume haben noch keine Blätter. Die Wiesen sind in sich zusammengeduckt. Die Feuchtigkeit des Bodens spürt er bis in das Zimmer hinein. Er schaut aus dem Fenster. So lange, bis er die angrenzenden Häuser, die Sträucher, die Bäume und das Licht nicht mehr von dem unterscheiden kann, was er sieht.

Die Welt ist eine Fläche, weil das, was er sieht, eine Fläche ist. Eine Fläche, die sich in unterschiedliche Richtungen hineinzuziehen scheint. In eine Tiefe, die nicht nach unten geht. Und in eine Höhe, von der es heißt, sie sei der Himmel. Weil die Welt eine Fläche ist, sind die Häuser und die Sträucher und die Bäume und das Licht so gut zu sehen. Was nicht zu sehen ist, gehört zu einer anderen Fläche, zu einer, die sich neben derjenigen befindet, die er gerade sieht. Eine geheimnisvolle Grund- und Bodenverschiebung. Weil das Sehen ein Dingaustausch im Festen ist, eine Oberflächenverwandlung vor einem unsichtbaren Hintergrund. Weil das Unsichtbare die Gegenstände aus dem Nichts, aus einer Leerfläche herausholt, ihnen einen Schatten gibt und einen Namen. Der Schatten eines Gegenstands ist der Zustand seiner größtmöglichen Ruhe. Der Name eines Gegenstands ist die Vorstellung seiner größtmöglichen Bewegung. Dazwischen passt kein Blatt mehr. Dazwischen passt nicht einmal die Vorstellung eines noch so dünn gemalten Pinselstrichs. Aber das Blatt muss hinein. Es muss dazwischengelegt werden, damit die Welt sich anders denken lässt.

Über dem Hügel zieht eine Schneewand auf. Die Kuppe verschwindet in einer hellgrauen Abrieselung. Er sieht, wie der Hügel ganz von selbst aus seinem Sichtfeld herausgenommen wird, und wie sich die Bäume unter weißen Hauben allmählich auflösen. So hält er die Beobachtung der Tagesstunden aus.

Die Magd sieht ihn am Fenster stehen und mit sich selber sprechen. Oder spricht er mit den Schneeflocken, mit den Häusern, den Bäumen? Spricht er nur mit der Luft? Die Arme hat er vor der Brust verschränkt. Manchmal wischt er sich mit der Hand über das Gesicht. Er reibt sich die Augen.

Er muss sich die Augen reiben, um besser sehen zu können. Er kann die Dinge auch riechen. Sie riechen nach Farbe, weil er die Dinge gesehen hat. Er riecht das Weiß der Schneeflocken – wie sie auf den Baumzweigen, auf dem dunklen Astbraun, eine immer heller aufscheinende Linie bilden. Er riecht deren Vergrößerung, die Verdickung, er riecht sogar das im Gezweig der Äste eingeschlossene Blattgrün, weil der Ast die allmähliche Veränderung seines Geruchs ist, weil er die allmähliche Veränderung der Farbe ist. Er öffnet die Augen. Er sieht gelbe Blüten an einem hellgrünen Zweig. Im Nu sind die Blüten hervorgekommen. Der Schnee wird zu Regen. Die Wiese wird so bald nicht wieder trocken werden. Die Stunden kommen zu keinem Ende. Er muss die Augen offen halten.

Er sagt: Ich werde das langsame Entstehen der Gegenstände beobachten – wie die Vorstellungen aus einem Hintergrund aufscheinen, wie der Gegenstand immer sichtbarer werden wird, wie er sich von anderen unterscheiden, wie er sich zeigen und wieder entfernen wird.

Es schlägt drei Uhr. Die Elster zetert in ihrem Käfig. Er verlässt den Raum, tritt vor das Haus. Er läuft den Weg hinunter. Der Weg ist feucht und lehmig. Die Baumäste durchwachsen die Luft kreuz und quer. Sie müssen geschnitten werden, denkt er, es ist Zeit. Jetzt macht der Weg eine Biegung. Häuser sind keine mehr zu sehen. Das Land ist flach. Die Erde ist vor Feuchtigkeit tief. Um diese Tageszeit ist es am hellsten.
Ich muss das Licht ins Haus hineinholen, sagt er.

Er begegnet niemandem. Er fröstelt. Er macht einen Buckel, vergräbt die Hände in den Hosentaschen, bleibt stehen. Er kneift die Augen zusammen und bewegt den Kopf langsam hin und her. Als er die Augen wieder öffnet, hat er die Farben des Bodens gerochen. Die Farben der Bäume und die Farben der Luft. In seinem Kopf legt er sich die Geruchsfarben zurecht, bis er die Erde und die Luft und den Baum wieder vor sich sieht. Er geht den gleichen Weg zurück und steht vor dem Haus. Er steigt die Treppe hinauf, öffnet die Tür, betritt den Raum und geht ans Fenster. Er verschränkt die Arme vor der Brust und schaut hinaus.
Er sagt: So wird das Licht nicht in den Raum hineinkommen.
Die Magd bringt das Essen. Dampf steigt aus der

Schüssel. Er löffelt die Suppe. Er schmeckt die sämigen Kartoffeln und zerdrückt sie auf der Zunge. Die Magd ist ein schönes Weibsstück, denkt er. Das Suppenfleisch ist zäh. Mit dem Messer sticht er hinein, legt es neben den Teller und schneidet es in kleine Würfel. Die Magd steht am Fenster. Sie sagt, dass die Wiese lange nicht trocken werden wird. Er zerkaut das Suppenfleisch. Dann starrt er vor sich hin. Er steht auf, legt sich auf das Bett, faltet die Hände, aber die Magd legt sich nicht neben ihn.

Wenn doch nur die Bildluft so riechen würde wie die Luft über den Feldern, denkt er – nach der Schwere des Bodens, die sich aufwirft, in Wirbeln wirft sie sich auf, in Kurven steigt der Geruch in die Höhe, nimmt mit sich, was zu kriegen ist. Den Duft der Pflanzen und Gräser, den Geruch des Ortes, der wie ein vielmaschiger Schleier herüberweht. Die Gerüche mischen sich wie die Farben. Holz und Rauch, Zweige und Blattwerk, auch wenn es zu dieser Jahreszeit noch nicht so weit her damit ist, die Feuchtigkeit in den Steinen, das Moos über den Steinen. Der Tiergeruch nach Hühnern, Borstenvieh und Kühen. Der Geruch der Häuser und der Geruch der Menschen, die in den Häusern wohnen. Die Luft ist ein Gemisch aus vielem, und die Bildluft hat alle Farben. Sie wird aber nur als Himmel sichtbar, denkt er, als eine Luft über allem. Unter dem Himmel lebt der Mensch. Dort gibt es Gegenstände. Dazwischen ist die Luft, ohne Himmel.
Aber die Luft werde ich nie und nimmer malen können. Nur das Licht kann ich malen. Wenn ich den Himmel male, muss ich an die Menschen und

Gegenstände noch nicht denken. Sie kommen erst später. Aber wenn ich den Himmel male, fallen mir die Menschen und die Gegenstände schon ein, weil mir der Himmel bedeutet, was ich malen soll. Ich muss gut zuhören.

Der Himmel ist hell und wolkenlos. Der Himmel wird größer. Die Malfläche schluckt er weg wie eine Schneeflocke, wenn sie ins Feuer fällt. Die Farben gehen ineinander über, weil die Gerüche der Luft ineinander übergehen. Wo der Himmel zu sehr nach der Erde riecht, nimmt er ihn mit dem Lappen weg. Der Lappen ist voller Farbe. Er legt ihn auf den Tisch. Auf dem Tisch wachsen Bäume, Moos und Blätter.
Eine dünne Linie trennt die Erde vom Himmel.
Es ist eine Landschaft, sagt er, eine Landschaft mit sanften Hügeln. Die Hügel riechen nach lehmiger Erde. Er hört die Vögel zwitschern. Er hört die Magd in der Küche wirtschaften. Er legt noch etwas Blütenstaub in den Himmel und verwischt ihn mit dem Jackenärmel. Er spürt den Blütenstaub in seinem Gesicht. Er erinnert sich an die Erde, er erinnert sich an den Himmel darüber. Er sieht die dünne Linie, die den Himmel von der Erde trennt. Er läuft über die Hügel. Er spürt den Boden, die Farbe ist noch nicht trocken. Aufpassen muss er, wohin er tritt. Es ist wie auf den regennassen Feldern. Er muss sich an etwas festhalten, damit er nicht einsinkt. Er malt einen Strich auf den Hügel. Für einen Baum ist er zu gerade, für einen Galgen zu hoch. Wenn der Strich trocken ist, denkt er, kann ich mich daran festhalten. Er kommt zu der Stelle, wo er den Baum und den

Mensch hinmalen wird. Er läuft weiter. Er spürt das unbemalte Holz unter seinen Füßen und den Sog des Himmels über der Landschaft in seinem Rücken.

Er bleibt stehen und schaut zurück. Es sind die Farben, denkt er, deswegen sind der Himmel und die Landschaft leer.
Er stellt sich vor, wie er mit den Augen ganz dicht an das Bild herangeht. Den Kopf bewegt er hin und her. Er hört seinen Atem. Er hört, wie er an der Farbe riecht. Er murmelt etwas. Er geht einige Schritte rückwärts.
Ich sehe das Bild nicht, ruft er. Die Magd soll ihm Kerzen bringen. Er schreit.
Jetzt schreit er sogar nach Licht, sagt die Magd. Und dabei ist es heller Tag. Wenn er malt, ist er unausstehlich. Soll er doch in seiner Kammer verrecken. Ich jedenfalls lege mich nicht mehr neben ihn.
Licht, schreit er, bring Licht herauf, mach schnell.
Es wird immer schlimmer mit ihm, sagt die Magd.

Ich muss an das Bild heranrücken, denkt er. Ich will wissen, nach was es riecht. Ob es nicht nur nach Öl riecht, sondern ob es darüber hinaus vielleicht nicht doch sogar einen Tiergeruch haben könnte. Es macht mir nichts aus, wenn das Bild nach dem Hund riecht oder gar nach der Kuh, weil die Bilder, wie ich sie mir vorstelle, aus dem Tier herauskommen oder das Tier selber sind. Sie sehen aus wie Gemälde, sind es aber nicht. Unvorsichtige Tiere oder solche, die aus Dummheit voller Vertrauen sind, lassen sich in Käfige oder in Zimmer einsperren. Bilder sind unvorsichtige Tiere, die in einem Zimmer eingesperrt worden sind. Dort verlieren sie ihren Tiergeruch und nehmen den Ölgeschmack und die Farbluft an wie eine viel zu weite Haut. Dazwischen kann es trotzdem nach ihrer Natur riechen. Aber nur, wenn der Maler dumm genug war und das Fleisch nicht vom Knochen getrennt hat, weil das Tier dann das Fleisch frisst und seinen Dunst in den Zwischenräumen verbreitet.

Seit Tagen spricht er nicht mehr mit mir, denkt die Magd. Sitzt in seiner Kammer und grübelt. Sogar das Essen rührt er kaum mehr an. Aber er lächelt, wenn er mich sieht. Sie streicht den Rock glatt, stellt den Krug mit der Milch hin, auf der sich eine dicke Haut gebildet hat, geht aus dem Zimmer, dreht sich an der Tür noch einmal um und läuft dann die Treppe hinunter.

Hieronymus trinkt die Milch. Die Haut hat er mit der Pinselspitze abgehoben und auf die Palette gelegt. Denkt nichts, schluckt die Milch herunter und denkt nichts.

Die Nacht hindurch hat er gemalt. Der Himmel ist jetzt ein Schleier, die Erde ein welliges Tuch. Den Baum, das Haus und die Tiere kann er jetzt noch nicht gebrauchen. Sie müssen warten.

Er stellt sich einen Mann vor. Von Kopf bis Fuß soll er zu sehen sein. Er soll etwas auf dem Rücken tragen. Einen Stock hält er in der Hand. Und in der ausgestreckten anderen Hand hat er einen Hut. Zur Seite soll er schauen. Sein Gesicht soll man sehen. Die Augen müssen Trichter sein, in welche die Welt

fließt. Einen Farbklecks tupft er auf die Hügel, die unter dem Himmel schlafen. Mit dem Finger verzieht er die Farbe. Die Farbe ist feucht und kalt. Dem Geruch der Farbe nach, denkt er, ist es ein Arm. Der Arm des Mannes. Leinen umhüllt den Arm. Man wird den Arm nicht sehen. Er wünscht sich den Geschmack des Leinens auf die Zunge.
Die Farbenesserei muss aufhören, sagt er, sie brennen.

Hellgraues Leinen, ein Kittel aus hellgrauem Leinen. Darunter sind die Arme, die Brust, der Bauch. Ein weißes Hemd. Das Gesicht des Mannes ist hager. Der Mund ist schmal. Die Augen sind Trichter. Die Lippen würden lächeln, wenn die Augen nicht wären. Auf dem Kopf ein Tuch. Eine Kapuze ist es, damit ihm das Regenwasser nicht den Nacken hinunterläuft. Aber es regnet nicht. Dafür ist es über dem Horizont zu hell. Noch hat der Mann keine Beine. Das Gesicht jedenfalls ist fast fertig. Weil der Mann an der frischen Luft ist, muss sein Gesicht eine Sonnenfarbe haben. Ocker, Umbra und die Himmelshelligkeit, damit es sich von der Kleidung unterscheidet. Die unter der Kapuze hervorkommenden Haare sind hell, fast weiß. Er malt ihm Falten auf die Stirn und dann den Korb auf seinem Rücken. Ein Weidenkorb. Einen Gurt hat er um die Brust gelegt, damit er den Korb tragen kann. Am Korb hängen ein Kochlöffel und ein Katzenfell.

So kommt eines zum anderen, sagt er. So schälen sich die Dinge aus dem Hintergrund heraus. Bis sie endlich da sind, muss ich lange warten. Im Hinter-

grund, in einem unsichtbaren Hintergrund, halten sie sich verborgen. Ich muss an ihnen ziehen, dass sie hervorkommen. Ich muss fest an ihnen ziehen, bis sie sichtbar werden. Aber vorsichtig, damit sie nicht zerbrechen. Und wenn sie da sind, verlangen sie ihr Recht, etwas zu sein, was es so noch nicht gab. Der Pinsel muss den Gegenstand zum Sprechen bringen. Dafür sind viele Farbschichten und Pinselstriche nötig, so lange, bis das Gesicht sagt, was der Pinsel gedacht hat.
Die Hose des Mannes ist zerrissen. Um die Wade hat er ein Tuch gewickelt. Am linken Fuß trägt er einen offenen Latschen, am rechten einen bis über den Knöchel reichenden Stiefel.
Der Mann ist ein Landstreicher, sagt er, ein Landlooper.
Er ist unterwegs. Über die Hügel ist er gelaufen. Das Auf und Ab spürt er noch in den Beinen.

Im Zimmer des Malers ist die Luft dick vom Geruch der Farben. Am Fenster riecht es nach dem Himmel, am Tisch hat er den Lehmgeruch zwischen den Zähnen, den Geruch des Leinenkittels und des Katzenfells hat es bis zur Kammertür vorgetrieben. Dazwischen riecht er schon den Baum mit der Eule, das Haus und den Hund, der hinter dem Landlooper herknurren wird. Zeter und Mordio soll die Elster schreien. Die Schweine fressen am Trog. Aber das kommt morgen. Wie er auch das Messer, das Geldsäckchen und den Stab des Landloopers erst am nächsten Tag malen wird.

Es ist Nacht geworden. Die Nacht macht ihm Angst,

denn nachts kommen die Bilder. Die Dämonen und die Sintflut, die Sieben Todsünden und die Heilige Veronika. Noahs Arche ist gestrandet. Die Tiere laufen den Berg hinunter. Noah deutet auf eine ferne Küste. Wahrscheinlich sieht er Delft oder New Amsterdam oder gar Toledo. Springteufel und Kamele geistern vor den Augen des Malers herum. Das Höllenfeuer brennt. Die Schlange windet sich um die Beine einer Frau. Ein Fisch nimmt sie in sein Maul hinein. Ein Schädel wird aufgeschnitten. Ein Schweinskopf brät über dem Feuer. Der Tod kommt zur Tür herein. Ein nackter Knabe stützt sich auf ein Laufrad. Das Narrenschiff treibt dahin. Ein Arm fliegt durch die Luft. Jerusalem ist schön. Sogar dort gibt es Windmühlen. Der Esel sieht aus wie ein Hase, und einem Mann wächst das Gebirge über den Rücken. Die Nonne hat einen Männerkopf im Schoß liegen. Fische und Käfer mit Sensen schwirren durch die Luft. Der Schächer hat einen Ledergurt mit Stacheln daran um seinen Hals gebunden. Maria und das Kind sitzen auf einer Wolke. Dahinter ist der Mond. Johannes schreibt Verse. Die Baumstämme sind durchsichtig. Johannes und das Schaf sind in der Wüste. Die Häuserschluchten am Horizont sind so tief wie Höllengründe. Aber Antonius lässt sich nicht versuchen. Ein Bär hängt am Baum mit einem Strick um den Hals. Ein Bienenvolk hat sich in einem Helm eingenistet. Ägidius beugt sich über das Reh. Einer auf der Leiter hat einen Pfeil im Hintern. Einer trägt eine dunkle Brille. Einer balanciert ein großes Ei auf dem gebeugten Rücken. Einer scheißt Dukaten und einer kotzt Blut. Gläserne Hauben senken sich über nackte Leiber. Im Paradies leben bunte Tiere. Der Gaukler spielt das Hütchenspiel vor dem herumstehenden Volk. Fressen, Saufen, Plündern, Brandschatzen und es gibt kein Entkommen. Graue Steinmenschen drehen sich in einer Spieluhr zu Marias Füßen. Ihr Umhang ist ein Gebirge aus schwarzem Samt. Zum Beten falten die Menschen ihre Hände. Beim Sterben recken sie die Hände in die Höhe. In die von der Hölle in den Himmel geworfene Luft. Die Erde blutet. Die Bäume sind Skelette ohne Arme. Überall wüten Feuer. Aber es gibt keinen Rauch.

Bring Licht herauf, ruft er, mach schnell.
Wenn er malt, ist er unausstehlich, sagt sie.

Draußen ist es noch dunkel. Die Magd kauert vor dem Ofen und bläst in die Glut. Eine Flamme züngelt auf und die Späne fangen Feuer. So früh am Morgen ist es noch kühl im Haus. Das Tänzeln der Flammen gefällt ihr. Sie legt dickere Scheite auf. Erneut pustet sie in die Glut und betrachtet das Feuer. Sie mag den Geruch brennenden Holzes. Allmählich wird es wärmer. Noch einmal legt sie nach, dann schließt sie die Ofentür. Sie setzt Milch auf. Er trinkt die Milch am liebsten, wenn sie warm ist. Die Haut, die sich beim Kochen bildet, mag er nicht. Sie hört ihn in der Kammer über der Küche auf und ab gehen. Als wäre er schon wieder stundenlang unterwegs, denkt sie. Die Dielen knacken. Die Scheite im Ofen knacken auch. Sie öffnet das Ofentürchen, und ein Windstoß treibt das Feuer an. Aber manche mögen die Haut auf der Milch gerne. Sie setzen den Becher an, die Milch kommt und gleichzeitig die Haut. Sie trinken die Haut wie etwas Flüssiges, beißen inmitten des Milchflusses nach, zerteilen, was sie kriegen können, mit den Zähnen und schlucken es herunter. Manche streuen vorher Zimt und Zucker auf die Haut. Dann knackt und knirscht es, wenn die Zähne auf die Haut beißen. In den Mündern, denkt sie, ist ein großes Durcheinander. Wenn Malerpinsel wie Zähne wären, stellt sie sich vor, würde es auf den Bildern ein Durcheinander geben, einen Brei würde es geben. Spinat würde eine grüne Färbung machen und rote Rüben eine rote. Altes Brot und Hühnerfleisch kann trocken im Mund sein und gut zerkaut wird daraus etwas Helles. Aber dunkles Fleisch, vor allem gut durchwachsenes, macht den Mundbrei feucht und bräunlich, eine Feuchtigkeit, die gut herunterrutscht. Und Mehlspeisen sind klebrig, wenn mit dem Fett gespart wurde. Man muss nachkauen, obwohl man einen Löffel voll schon fast unten hat, aber trotzdem bleibt der Brei ganz hell. Sie hebt die Haut mit der Messerspitze ab, legt den Kopf nach hinten, führt die Messerspitze zum Mund, hilft mit der Zunge nach, sie schließt die Augen und spürt, wie die Haut langsam herunterrutscht, als würde sie von irgendwo her angesogen.

Wenn doch die Bilder nur dort blieben, wo sie hingehören, denkt er. Er schaut aus dem Fenster. Noahs Arche wird über die Hügel gezogen. Er kann es deutlich sehen, obwohl tiefschwarze Nacht ist. Der Himmel über Jerusalem flimmert vor lauter Gold. Hinter Maria und dem Kind leuchtet der Mond.

Er hört, wie es die Magd und sein nichtsnutziger Geselle unten in der Küche miteinander treiben. Bei mir hat sie nie so geschrien, denkt er. Noahs Arche ist schwer. Tiefe Gräben reißt sie in den Lehmboden, wenn die Engel sie über die Hügel ziehen. Weil die Farbe Noahs Hirn verätzt hat, sieht er in der Ferne Delft oder New Amsterdam liegen. Es gibt die Hölle nicht und es gibt den Himmel nicht, denkt er, aber diese Städte, denkt er, die Türme und die Brücken und die Wände aus Eis, die runden Häuser und die tiefen Schächte, die gibt es. Hinter dem Horizont wird es hell. Um diese Zeit ist es am stillsten. Die Katze liegt zusammengerollt auf dem Stuhl.
Die Hölle und den Himmel gibt es doch, sagt er, denn ich habe sie gemalt.

Die Sonne kommt hinter den Hügeln hervor. Er legt sich auf das Bett. Seine Hände riechen nach Farbe. Er sieht, wie das Licht in den Raum hineinzieht. Er spürt die Augen des Landloopers in seinem Rücken. Er wird wohl wissen, denkt er, dass ich solche Augen noch nie gemalt habe. Er steht auf, nimmt das Bild und stellt es vor die Tür, legt sich wieder hin und schläft ein. Im Traum ist die Erde eine bodenlose Fläche.

In Bilder, sagt er im Schlaf, kann man schließlich alles hineinpacken. Leinwände sind geduldig wie Esel. Und wenn sie voll beladen sind, muss man sie schieben. Außerdem sind sie gefräßig. Mit dürrem Gras kann man sie nicht locken, obwohl sie Allesfresser sind. Grünzeug und sogar Frischfleisch schlingen sie herunter. Bilder sind gefräßig wie

Öfen. Dauernd muss man nachlegen. Wenn man mit dem Fleisch anfängt, wird der Esel das Grüne nicht mehr fressen wollen. Deswegen verfüttert man tunlichst zuerst die Rüben oder das Gras und hält den Ofen allein mit Pflanzlichem bei Glut, bis man schließlich das Fleisch verfeuert. Die Türme und die Brücken müssen eine Sorte Fleisch sein, das nur schwer verbrennt. Es könnte sogar sein, dass es blanke Knochen sind mit Fleischfetzen daran und Sternsplittern, wo doch der Himmel so nah ist, dass sich sogar Teile von Gestirnen in die Bilder verirrt haben könnten, in diesen Leib, der sich dreht und windet und seine bloßliegenden Innereien herzeigt. Man meint sogar beobachten zu können, wie sich das Bild selber aufzufressen scheint, als wäre es ein gefräßiges Maul, das sich selber verschlingt. Nach den fettesten Brocken schnappt es, das Maul schlingt alles gierig herunter, würgt und speit es wieder aus. Dann ist es für einen Moment ruhig, dann liegt es dort, zuckt und wartet einen Wimpernschlag, bis es wieder Gestalt annimmt, eine Form, die sich kennt, die sich wieder erkennt und von sich weiß.

Auf dem Boden liegt eine tote Fliege. Ihre Beine sind in einem Faden verwickelt, der aus einem Staubknäuel herauskommt. Er setzt sich auf den Boden, legt die Fliege in seine geöffnete Hand, schließt sie zu einer Faust und spürt, als er den Fliegenkörper hin und her schüttelt, wie in der Handröhre, in seinem Hand- und Fingerschacht, die tote Fliege Finger und Handfläche berührt. Eine andere Art des Fliegens, denkt er. In einem Gehäuse, in seinem

Handgehäuse. Tote Fliegen kann man hin und her schütteln. Lebendige Fliegen sind schwer mit der Hand zu fangen. Man muss schnell zupacken, schnell muss man sein, wenn man sie fangen will, und wenn man sie mit aller Wucht auf den Boden wirft, bleiben sie liegen. Manchmal drehen sie sich noch im Kreis. Er legt die Fliege auf das Staubknäuel. Es hat den Anschein, als würde sie, obwohl sie so leicht ist, dort einsinken, als würde dieses so feine Gewölle den Fliegenkörper umschließen. Ein schwarzer Fleck.

Das Malen, denkt er, ist schwierig, weil es immer etwas Dunkles gibt, das von anderem umschlossen werden muss. Das Dunkle ist ein pulsierender Kern, etwas in sich selbst schon Geschlossenes, den ich zum Stillstehen bringen muss. Mit den anderen Farben muss ich ihn fest umschließen. Er muss sein Pulsieren an die Farben um ihn herum abgeben, seinen Atem. Braun lässt nichts hindurch, schon an den Rändern eines braunen Farbtupfers wird das Dunkle zurückgewiesen, beim Grün und beim Blau ist es ähnlich. Nur bei den hellen Tönen und beim Rot ist es anders. Da fliegt das Schwarz weiter, überall spürt man seinen Schatten, den dunklen Atem, obwohl es nur Farben sind. Bei den hellen Tönen und beim Rot versteht man, dass der dunkle Kern so wie das Denken der Farbe ist.

Das Malen ist ein Verschieben von Massen, denkt er, ein Hinundherrücken der Farben und schließlich der Gegenstände und Figuren, eine Bewegung, die so lange andauert, bis die Farben, die Gegenstände und Figuren ihren Platz gefunden haben. Und dass Bilder Röhren sind oder sogar transparente Gewebe, die wie Röhren aussehen und zur Weiterleitung von Flüssigkeiten oder Gasen dienen, dass sie sogar in Bildern das Malen transportieren, dass sie es durch Tunnel leiten, sei es auf der Leinwand oder in Gehirnen, dass die Malerei unbedingt durch diese Röhre muss, dass die Röhre schließlich das Malen selber ist und dass es in jedem Bild, welches den Namen verdient, eine solche Röhre gibt, aus der das Malen kommt, und dass manchmal solche Röhren wie Städte aussehen können oder wie Schiffe, aber man erkennt sie, auch wenn es bloß der Stecken eines Wanderers ist oder ein Gewebe von Linien.

Er hebt das Staubknäuel mit der Fliege vorsichtig auf und legt es zu den anderen toten Fliegen auf den Tisch. Die Magd kann es nicht ausstehen, wenn er die toten Fliegen auf den Tisch legt. Im Betrachten, denkt er, folge ich dem Pulsieren der Farbe. Auch wenn der Gegenstand auf dem Tisch unbeweglich zu sein scheint, ist eine Bewegung in ihm. Er pulsiert, weil die dunklen Kerne den Farbatem weitergeben, wie eine leichte Luft bewegt er sich von Pinselstrich zu Pinselstrich und zwischen ihnen, stößt sich an Ecken und Kanten, wird sogar schnell, wenn aus den Umgebungen Trichter werden und Röhren, in denen der Farbfluss nach unten, nach hinten, manchmal auch zu den Seiten hin wegstürzt, irgendwohin, wo sie sich schließlich sammelt und dann wegspritzt, in die Höhe wegspritzt und auf einem Kamm, einer leichten Erhebung, einem Rand, abgerundet und fest, trotz allem fest, weiterläuft, ein Lavastrom, könnte man meinen, aus sich selbst heraus fließend, angetrieben und nach vorne geschleudert, und andere Farbnester, die ebenso entstanden sein mögen, mit sich reißt und an einem dunklen Kern vorläufig zur Ruhe kommt. Dann ist es ein Flackern und einen Augenblick lang ist der Farbgegenstand das Pulsieren selber und sogar alles, was er in diesem Moment noch sein könnte, und es kommt ein Sausen von den Ohren bis zum Bauch dazu.

Ich muss es so machen, denkt er, dass der Tisch, den ich male, mehr als der Tisch ist, den ich vor mir sehe. Ich muss es so machen, dass die Fäden und Seile, die den Tisch in meinen Blick binden, so locker werden, dass sich die Farben, die den Tisch darstellen, auf ihre Art bewegen können; dass genügend Platz ist für das Geschlingere und das Hinundhergespringe der Pigmente und an den Farbrändern, an den Kämmen und Wülsten auch, um die Farben zum Klingen zu bringen – manchmal ein leises Stoßen, als würde Holz auf Holz schlagen, ein mehrstimmiges Raunen wie in einer fremden Sprache, unter einer hellen Sonne gesprochen und in sich selbst schon eine Entfernung, seltener ist ein feines Klingen wie beim Aneinanderstoßen von Gläsern.
Aber manchmal sind Farben wie Risse. Dann ist es wie das Laufen durch eine Steppe. Früher war da vielleicht ein Garten, vielleicht. Jetzt ist der Garten ein verkarsteter Körper, vom Sand, vom Rieselwerk der Steine, die es da nicht mehr gibt, zugeweht. Man verliert die Orientierung, kein Haltepunkt für das Auge, nicht einmal ein Horizont, kein naturgegebe-

ner Einschnitt, in den man, einem ersten Schritt folgend, Stift oder Pinsel legen könnte, damit ein Anfang gemacht wäre, zumindest ein Anfang. Es riecht süßlich nach Wollgras. In der Ferne hört man das Blöken der Schafe und den kehligen Gesang der Hirten oder das Kläffen eines Hundes – oder ist es das Gebimmel eines Pferdegespanns? Die Erde ist ein Leib, darunter erst ist das Gewebe, das alles zusammenzuhalten scheint, und dann die Knochen. Die Steppenorte liegen hinter den Sanddünen, die, so kommt es einem vor, wie flach gedrückte Scheiben nebeneinanderher schwimmen, tatsächlich schwimmend wie Feuchtgebiete, dem Auge aber keinen Halt geben können, weil sie der wellige Himmel sind. Die Schritte zu zählen wäre ein überflüssiger Versuch, der Steppe ein Maß abzuringen. Das Stehenbleiben in der Steppe erfordert Mut, weil man im nächsten Moment von der Schwere des Bodens aufgesogen wird. Man ertrinkt. Man wird zugeweht.

Trotzdem weiß er lange und kurze Schritte sinnvoll abzuwägen. Wenn die Bildfläche vor ihm aufklappt wie ein Schlund. Die Magd sieht ihn tänzeln, obwohl es kein Tänzeln ist, sondern der Versuch, jedes Mal wieder den Fuß auf festen Boden zu setzen – die Risse umgehen, darüber wegspringen, und wenn es sein muss, dann tänzelnd. Die Balance finden, sagt er der Magd, den Rücken krumm machen oder ein Hohlkreuz, die Arme rudern wie beim Schwimmen, in die Hocke gehen, das eine Bein nach vorne, das andere nach hinten gestreckt, wie eine von der Gluthitze träge Schlange sucht man nach einem Boden, der keiner ist, gar keiner sein kann, sondern bloß

eine wie zufällig fest gewordene Erdschicht. Aber manche Risse sind schon voller Farbe, sogar in der Dunkelheit leuchten sie, gläserne Flüsse, in denen das Wasser vertrocknet ist, Steinadern, zusammengedrücktes Licht, lodernde Bahnungen, in denen der Gekreuzigte, ja, der Gekreuzigte, vor einer roten Fläche zu sehen ist. Und vor der roten Fläche, die eine Wand ist, ein grüner Boden mit Rissen darin, der wie platt gewalztes Steppengras aussieht. Auf diese Risse musst du achten, sagt er der Magd, über sie hinwegtänzeln musst du, wenn du sie siehst. Jenseits des Gegenstands, sagt er, ist die Vorstellung und in der Vorstellung ist eine Form, in welche der Gegenstand hineinpasst, aber dahinter wächst ein Regenwald aus Bildern.
Die Magd schüttelt nur den Kopf. Sie wird ihm eine Suppe mit einem Markknochen darin kochen, Sellerie und Rüben. Das wird ihn wieder zu Verstand bringen, denkt sie.

Als wäre in der Fliege noch ein Funken Leben, als würde das Staubknäuel die Beine und die Flügel auf wundersame Weise wieder zum Leben erwecken wollen, eine Bewegung, die nicht mehr sein kann.

Um diese Jahreszeit zwitschern die Vögel am lautesten. Nicht wegen der Sonne, sondern wegen des Regens, der das Land feucht macht, dass sich die Würmer in der Erde regen. Die Vögel zwitschern also wegen der Würmer. Und ich male auch wegen der Würmer, weil sie so saftig aus den Toten sprießen. Voll gefressen haben sie sich da unten, und jetzt strecken sie ihre Köpfe hervor und verschnaufen an der frischen Luft. So gesehen findet in der Erde eine gewaltige Menschenfresserei statt und oben ruhen sich die Würmer aus, wo sie aber von den Vögeln gefressen werden. Tote Vögel findet man selten. Wahrscheinlich werden sie von Iltissen oder von Füchsen gefressen. Die Füchse und die Iltisse werden von Bären gefressen, und die Raubvögel teilen sich den Rest mit kleineren Fleischfressern, die auf der Erde herumkriechen. Dann kommt ein Mensch, findet Knochen oder Federn – er denkt, wie grausam doch die Tiere sind. Dann kommt er mit dem Knochen in der Hand an meinem Garten vorbeigelaufen, zeigt ihn mir, hält mir den Knochen direkt unter die Nase, dass ich ihn auch recht sehe, und sagt, dass die Tiere grausam sind. Und wenn er dann endlich weg ist, diese bedauernswerte Kreatur, male ich, wie er von den Tieren gefressen wird. Alle stürzen sich auf ihn und danach liegen sie in ihren Höhlen oder sitzen voll gefressen auf Ästen herum. Kein Bellen, kein Zwitschern. Nichts.

Sogar die Magd bemerkt, wie ruhig es auf einmal ist. Sie dreht sich ängstlich um, aber da ist nichts. Nur Bäume, Hecken und die Felder und ein paar Tierknochen oder Federn. Die Magd hat eine Leidenschaft für Federn. Eine geheime Leidenschaft. Sie kitzelt sich damit die Beine und wenn ihr danach ist, sogar die Brust. Er hat gesehen, wie sie sich mit den Federn kitzelt. Soll sie doch, weil ihm der Sinn sowieso nicht nach solchen Lustbarkeiten steht und weil sie es schon lange mit einem anderen treibt. Den Stein der Narrheit, sagt sie, soll er sich endlich aus dem Kopf herausschneiden lassen. Das würde

ihn kurieren von seinen Träumen. Und auch von der Dummheit.
Was ist schon dabei, sagt sie, sich vom Chirurgen mit dem Messer den Kopf aufschneiden zu lassen? Man sitzt im Freien, die Felder um einen herum, man sieht Hecken und Bäume, und der Chirurg holt einem den Narrenstein aus dem Kopf. Dann wird ihm wohler sein, denkt sie. Dann malt er nur noch Landschaften, denkt sie, und keine Ungeheuer oder den Höllenbrand. Nur die Landschaften sind schön. Alles andere ist schrecklich. Auf den Feldern, die er malt, gibt es Wege und kleine Weiher. Dort kann man sitzen und das Dorf und den Kirchturm betrachten. Im Wald hinter dem Dorf sind gewiss wilde Tiere, aber sie kommen nicht her. Den Heiligen Johannes oder den Christopherus kann er meinetwegen auch malen, aber die Ungeheuer nicht mehr. Gewiss wird es ihm wohler sein, wenn er nur noch die Felder und die Heiligen malt.
Immer steht er am Fenster und schaut heraus. Die Arme vor der Brust verschränkt und die Stirn in Falten. Vom Garten aus kann ich ihn sehen. Immer an der gleichen Stelle. Weiß Gott, was er sieht. Und nachts schreit er nach Licht, weil er sich fürchtet. Kein Wunder, wenn er mit all den Ungeheuern auf den Bildern in einer Kammer schlafen muss. Ich bringe ihm die Kerzen nicht hinauf, soll er sie sich doch selber holen. Und ganz stolz ist er obendrein noch auf seine Bilder. Immer muss ich sie mir anschauen. Der Teufel soll ihn holen, wo er doch genau weiß, dass mich solche Bilder nur erschrecken.

Der Abstand zwischen den Dingen und den Wörtern gehört der Malerei, sagt Hieronymus. Und während das Zeichnen, diese lächerliche Tätigkeit mit Stiften, bloß die Ränder des Feuers zeigt, sind die Farben das Brennen selber. Man will den Brand löschen, weil es ernst ist und keine Spielerei, alles hängt daran und dabei ist es bloß etwas Gemaltes. Aber es wird dich am Ende in die Knie zwingen, weil es stärker ist. Manche tun so, als wäre die Malerei ein Spaß, womit sich frisch und leicht die Zeit vertreiben lässt.

Ja, dich meine ich, du, die Magd. Du schaust dir zwar meine Bilder an, wenn dir danach ist, aber auch dann nur flüchtig, scheint mir. Ja, ja, sagst du, da hast du wieder kräftig hingelangt, all die schönen Farben und so viel Fantasie. Und dann kommen gar noch die hohen Herren von der Zunft oder die verhurten Pfaffen und sogar eine Gesandtschaft des spanischen Königs – dass mir nicht die Galle überläuft ist alles. Und nichts verstehen sie, nichts.

Hör auf zu schimpfen, sagt die Magd. Sei froh, dass sie deine Bilder kaufen. Dann kommt Fleisch auf den Tisch, Punktum.

Sie will sogar einen fliegenden Fisch gesehen haben. Immer wunderlicher wird sie, denkt er. Aber mir wirft sie vor, von Tag zu Tag verrückter zu werden. Über den Garten soll er geflogen sein. Mit einem Mann und einer Frau auf dem Rücken. Sie träumt also und sieht einen fliegenden Fisch über dem Garten. Sie hat Vorstellungen, Ideen hat sie. Man muss sie ihr austreiben, bevor sie gänzlich überschnappt. Sie hat große Hände und große Füße. Ihre Vorstellungen haben große Füße und große Hän-

de. Wie sie auch ein Schiff im Himmel gesehen haben will oder eine Schildkröte mit einem Totenschädel.
Seit neuestem trägt sie ein Band mit bunten Perlen um das Fußgelenk. Ich rieche an ihren Kleidern, aber es ist nur ihr eigener Schweiß. Und nachts, wenn ich vor ihrer Kammer stehe, höre ich sie im Schlaf sprechen. Hin- und hergerissen bin ich. Die Magd ja, die Magd nein. Und allen macht sie schöne Augen, nur mir nicht. Wenn ich im Garten bin, kann ich sie im Haus wirtschaften sehen. Wenn sich die Blicke kreuzen, schaut sie weg. Ich gucke und sie guckt auch, obwohl sie meint, ich würde es nicht merken, wie sie wegschaut. Du wirst alt und vertrottelt, sagt sie, wenn sie an mir vorbeigeht.

Ein Gefängnis, dieses Haus ist ein Gefängnis. Die Welt ist immer woanders. Und das Malen ist eine Marter. Jetzt zieht ein Gewitter auf. Jetzt blitzt es. Jetzt stürzen die Jupitermonde herab. Da liegt ein toter Vogel und da ein Mönch mit seiner Nonne, da versinken Pferde auf morastigen Wegen, und vor der Stadt nageln sie den Judenkönig ans Kreuz. Gott möcht schützen, nicht wahr? Das Wasser hebt sich, das Wasser senkt sich. Und wenn es sich hebt, ersäuft das Vieh darin. Singen und jubeln werde ich, wenn die Engel die Posaunen blasen. Aus ist es, es ist aus, werde ich singen, endlich ist es aus.

Vor dem Haus das Brachland, sagt er, niedergedrückte Gegenden, Regen- und Nebelorte ohne triftigen Grund; eine Landschaft voller toter Fliegen und Risse, soweit das Auge reicht, ein Jupitermond.

Und das Atelier ist eine Kapsel voller Pigmente. Bei warmem Wetter öffnet sie sich und wie Geschosse fliegen sie bis in den Himmel. Und auf die Felder regnet es ein Gemisch aus Öl und Pigmenten, bis ein dünner Schleier die zernarbte Erde überzieht. Dann hört man das Rotieren der Räder, was die Erde in Bewegung setzt, der Farbschleier reißt auf, und es kommt ein Regen, der nichts mehr übrig lässt.

Er sieht einen Schmetterling, weiß wie Schnee, und eine Katze, kohlrabenschwarz, auf der Wiese. Er sieht die Magd in den Garten kommen. Die Katze springt weg, der Schmetterling flattert auf und ab und verschwindet zwischen den Blättern des Baumes. Der Baum wirft einen großen Schatten auf die Wiese. Ein langsames Hineinsehen in das Schattendunkel, denkt er, ein tiefes Grün, die Wiese wie ein inneres Organ, ein stumpfes Grünschimmern, kühler als alles andere, schwerelos scheinbar und doch schwer, steinschwer, der mürbe Boden von Sonnenteilchen, von den Rändern des Schattens her angestachelt, nachts von Sternsplittern versilbert, vom Regen dann weggeschwemmt wie ein Kreidestrich auf einer Schiefertafel.
Hieronymus, was gibt zwei mal drei?
Zwei mal drei gibt acht.
Die Magd muss lachen, weil sie rechnen kann. Sie weiß nicht, dass zwei Dreien nebeneinander, die eine nach rechts, die andere nach links gerundet, acht ergeben, die Unendlichkeit.

Hieronymus tritt einen Schritt zurück. Es ist ein verzwicktes Bild. Er muss überlegen.

Ich male ein Bild, denkt er, auf dem zu sehen ist, wie ich den Weg herunterlaufe. Links der Baum, davor das Gatter, hinter mir das Haus, dahinter das Feld, über dem die Luft sirrt von Fliegenflügeln, von vielen Fliegen, von einer Unmenge von Fliegen verursacht, kaum eigentlich hörbar, aber so müsste es klingen, wenn all die toten Fliegen in meinen Ohren wären. Man sieht mich dort den Weg entlanglaufen. Man würde mich erkennen. Aber die Leute denken, ich sei ein Landstreicher, ein Herumtreiber mit einer Kieze auf dem Rücken und einem Stecken in der Hand. Einer, der fortwill, aber nicht vom Fleck kommt. Ich muss bleiben, aber er geht an Häusern und an Feldern vorbei, als wäre es nie anders gewesen.

Man müsste vielmehr, sagt er, lange und kurze Schritte sinnvoll abwechseln. Fängt man mit langen, raumgreifenden Schritten an und bleibt dabei, kommt die Müdigkeit sehr schnell, ein Ziehen in den Beinen stellt sich ein und eine Schwere in den Leisten. Wenn man aber abwechselnd, mal kurze, mal lange Schritte macht, bleibt mehr für die Augen übrig, weil man sich auf Grund des nun unbeschwerten Laufens – nichts tut einem weh oder stellt sonst eine Behinderung dar – mehr dem Schauen widmen kann. Das Atmen passe ich den Schrittfolgen an. Es darf nie schneller als meine Füße sein. Eigenartig ist, dass beim Vorstrecken des rechten Fußes der linke Arm nach vorne schwingt. Wenn ich mit einiger Mühe und absichtsvoll gleichzeitig den linken Arm und das linke Bein nach vorne strecke, kann man sagen, dass ich mich in gewisser Hinsicht verlaufe. Kümmere ich mich aber weder um die Arme noch um die Beine beim Laufen, ist es mir, als würde der Kopf, wie eine Hinterkopfgegend, über den Armen und den Beinen schweben. Ja sogar dergestalt ist es, dass sich mein gesamter Körper wie in einer Schräglage über dem Boden zu befinden scheint und das Land unter meinen Füßen in einer nach hinten wegrollenden Bewegung. Die Füße berühren den Boden, jeden noch so kleinen Wegstein kann ich spüren, aber es ist, als stünde ich in der Luft, in Kopfhöhe, weil sich unter mir die Erde dreht, nach hinten dreht sie sich weg.

Warum will er ein Bild von sich malen, denkt die Magd. Vielleicht weil er alt wird oder weil er Angst vor dem Sterben hat. Mich hat er nie gemalt. Ich bin noch jung, ich denke noch nicht ans Sterben. Er könnte sich, wenn schon, doch als Priester malen oder als Heiliger. Aber ich müsste lachen, wenn er sich als Heiligen malen würde. Er könnte sich sogar malen, wie er mit mir im Bett liegt, aber das traut er sich nicht, weil die Leute sonst dumm reden würden – seht, da liegt er mit seiner Magd im Bett, so lässt es sich leben. Aber nein, er malt einen Hausierer, der von Stadt zu Stadt zieht und seine Waren feilbietet, obwohl er doch nie das Haus verlässt und in seiner Kammer diese furchtbaren Bilder malt.

Hieronymus malt, als hätte er einen Wattebausch im Hirn. Als würde etwas Weiches über dem Sehen liegen. Aber es ist nicht nur das Sehen, auch das Hören ist anders. Das Knurren des Hundes ist auf einmal weit entfernt, obwohl er das Hundehecheln gerade noch an seiner Wade zu spüren glaubte.

Ein Ohrensausen, denkt er, ein Wegkippen der Geräusche, und manchmal ein Schwindel im Kopf. Als würden Haare in das Gehirn wachsen, sich um Windungen legen, in Furchen und Risse hinein, ein vorweggenommener Tod, ein langsames Gleiten in die Stille. In mir ist es ruhig wie in dem Bild, das ich male. Das Sehen wird schärfer, ich nehme mir Freiheiten heraus, weil ich beim Malen nicht mehr zu hören brauche, wie die Dinge klingen. Als ob von meiner Stille alles um mich herum weich geworden wäre und wie davon durchtränkt. Ich drehe mich um, gewiss, es ist der Weg, ich sehe das Wirtshaus, die Magd und den unverschämten Kerl neben ihr. So oft bin ich diesen Weg schon gegangen, aber noch nie sah er so aus wie jetzt. Sogar das Wirtshaus ist schäbiger als sonst.

Die Magd bringt die Suppe herauf, das Brot und ein Stück Fleisch auf einem kleinen Teller.
Iss, sagt sie, das wird dich wieder zu Kräften bringen. Ja, er sieht aus wie du, aber ganz so hager bist du nun auch wieder nicht.
Er legt den Pinsel zur Seite und löffelt die Suppe in sich hinein, ohne das Fleisch anzurühren.
Lass mich deine Brust sehen, sagt er, aber sie lacht nur, dreht sich um und geht.
Mir ist es gleich, denkt Hieronymus, ob er mir ähnlich ist oder nicht.
Er zählt die toten Fliegen auf dem Tisch. Es sind acht. Er muss lachen.

Morgen früh, wenn das Licht kommt, will er weitermalen. Jetzt ist er zu müde. Die Arbeit strengt ihn an. Er hat sein Gesicht runder in Erinnerung, voller, nicht so ausgezehrt. Er spürt die Wangenknochen, wenn er mit der Hand das Gesicht abtastet. Die Augen sind so groß, denkt er, als wäre der Schrecken in ihnen. Die Füße wollen fort, aber er kann ihnen nicht folgen. Er muss das Bild malen. Dann kann er fort. Vielleicht. Er betrachtet das Bild. Er schaut die Augen an. Sie wandern vom Bild zurück zu ihm, schreckgroß geweitet. Ein Kommen und ein Gehen. Er spürt seine Hand auf dem Gesicht, aber es ist nicht mehr sein Gesicht, sondern das Gesicht des anderen, von dem die Magd sagt, er sei wie er.

Ich sehe euch an, sagt er. Ich betrachte euch. Ihr wundert euch, wer den Weg am Wirtshaus entlangläuft. Ich bin es, sagt er, ich. Unsere Blicke treffen sich. Mir schmerzt der Hals, weil ich den Kopf schon so lange zur Seite neige. Helle Irrlichter – oder sind sie dunkel? – sind diese Augen, sie flattern.

Seht mich nur, sagt Hieronymus, die Füße in ungleichen Schuhen, das eine Bein vor dem anderen, ja, ich gehe – ein Schritt, dann noch ein Schritt, ich strecke die Arme nach vorne, in der einen Hand den Hut, in der anderen den Stock. Es sieht tatsächlich so aus, als ginge ich fort. Er lächelt. Die Kieze auf meinem Rücken ist nicht schwer. Ein Katzenfell und ein Kochlöffel hängen an der Kieze. Das Fell ist aus dem Bett der Magd, der Löffel aus der Küche. Zetern wird sie, wenn sie es merkt. Mit ein paar Pinselstrichen ist alles hingemalt, denkt er. Ein wenig Farbe und ich kann sehen, wie ich euch betrachte. Gewiss – das Bild wird euch gefallen. Vielleicht aber auch nicht. Die feinen Pinselstriche werdet ihr loben, das helle Licht über dem Horizont und wie ich den Kopf zur Seite wende auch, das Loch in der Hose wird euch dauern, und wenn ihr euch fragen werdet, woher ich komme und wohin ich gehen werde, bleibe ich stumm wie ein Fisch.

Er betrachtet sein Bildnis. Er setzt sich auf einen Stuhl. Er wird es, das hat er sich in der Nacht schon vorgenommen, lange betrachten. Mit den Augen wandern will er. Wandern und sich wundern, denkt er.

Manchmal, denkt Hieronymus, ist ein eigenartiges Flackern um die Dinge herum. Man bleibt stehen und alles dreht sich weiter. Und währenddessen sieht man auf einmal dieses Flackern. Als würde sich gerade etwas entzünden, ein kleines Feuer, kaum der Rede wert, aber es genügt, weil das Flackern den Gegenstand wegbrennt. Und wenn man es sieht, vergisst man das Schlucken. Und wenn man es merkt, hat man den Mund schon voller Speichel. Man spuckt es aus, es fällt auf den Boden und dann ist der Gegenstand weg.

Dann ist sogar das Flackern in einem selber. Man will weiterlaufen, dass sich alles wieder so einrichtet wie zuvor, aber es geht nicht. Wie angewurzelt steht man da, kein Zucken in den Gliedern, nicht einmal ein Wimpernschlag.

Gib doch endlich Ruhe, ruft sie wieder von unten.

Kurz zuvor dachte er noch, wie seltsam es sei, dass der Regen, wenn man unterwegs ist, nicht in den Körper hineinkommt, sondern daran herunterrinnt, dass er aber auf der Erde Pfützen bildet, weil die Erde schon satt vom Wasser ist und der Rest auf ihr liegen bleibt, sich sammelt und zu einem Spiegel wird, in dem man sich von unten sieht. Und dass man dann ins Straucheln kommen kann, weil man nicht auf sich selber treten möchte. Dann ist sogar das Flackern in dem Wasserspiegel, dann ist es sogar in der Erde. Und man muss wegsehen, ganz schnell wegsehen muss man, weil man sonst gleich selber verschwindet, weil man sich auflösen könnte, als hätte es einen solchen Körper nie gegeben.

Dann komm zu mir ins Bett, ruft die Magd, wenn es gar nicht anders geht. Hörst du?

Fortgestohlen hat er sich aus dem Bild, der Landlooper. Die Treppe ist er hinuntergeschlichen, leise hat er die Haustür hinter sich zugemacht. Die Luft hat er tief in sich hineingesogen, als wäre es das erste Mal. An das helle Morgenlicht muss er sich noch gewöhnen. Er ist unterwegs. Nur die Eule auf dem Baum glotzt hinter ihm her.

Er sagt: Ein Landlooper muss unterwegs sein, das Bleiben bekommt einem wie mir nicht. Augen wird er machen, der Alte. Was muss er auch einen Landlooper malen, wo er doch genau weiß, dass es einen wie mich an einem Ort nicht halten kann. Die Magd und den nichtsnutzigen Gehilfen wird er ausschimpfen. Geschieht ihnen recht, wenn sie vor lauter Liebestollerei nicht merken, dass sich einer aus dem Staub macht. Der Korb auf dem Rücken ist zum Glück nicht schwer. Er ist leer. Hieronymus hat überhaupt nichts hineingemalt. Das Katzenfell und den Kochlöffel hätte er sich auch sparen können. Was soll ich mit einem Katzenfell? Mein Armutszeugnis? Dass ich nicht lache. Und mit zwei ungleichen Schuhen herumzulaufen ist auch keine Freude. Wie er sich auch mit dem Verband um meine Wade einen schlechten Scherz erlaubt hat. Da ist nämlich überhaupt nichts, nicht einmal ein Kratzer. Das Loch in der Hose muss ich wohl oder übel flicken. Den Hut werde ich aber an den nächsten Ast hängen oder der Kuh auf die Hörner setzen, wenn sie stillhält.
Ich bin ein Landlooper. Ein Streuner und Herumtreiber. Ich bin alt. Ich habe keinen Namen. Ich bin die Vorstellung eines anderen, aber ich lebe. Zu

einem Teil bin ich es selber, zu einem Teil bin ich er. Es macht mir nichts aus. Ich gehe fort und er bleibt da. Er hätte mich im Auge behalten sollen. Ich werde Bilder sehen, die er sich nicht einmal vorstellen kann. Von der Malerei verstehe ich ebenso viel wie er, weil ich aus Farbe gemacht bin, aber trotzdem Haut und Knochen habe. Mit den Augen, die er mir gemalt hat, kann ich weit in die Zeit sehen. Dort bewege ich mich hin und her, wie es sich für einen wie mich gehört. Wenn er merkt, dass ich fort bin, wird er sich die Haare raufen, weil er dann auf einmal weiß, dass ich nur darauf gewartet habe, endlich gehen zu können. Nach der Magd wird er schreien, dass sie ihm das Licht heraufbringt, aber es wird ihm nichts nutzen, weil sie sich längst schon ein anderes Nest gebaut hat.
Vielleicht, wenn es ihm ein Trost ist, schleiche ich mich wieder in das Bild zurück, später. Jetzt werde ich dorthin gehen, wo es nach Farbe riecht. Mit der Nase, die er mir gemalt hat, werde ich den Weg finden.

Der Landlooper geht nach Delft. Er lässt sich Zeit, bleibt sogar oft stehen, verlässt aber bald die Landstraße und läuft über die Felder. Springt über Gräben, zieht durch das Schilf wie einer, der sich auskennt. Das Land ist flach. Das Licht ist trüb. Der Boden ist sandig. Hoch über ihm kreist eine Krähe.

Einmal atmet die Farbe aus, lässt Luft durch den Rachen strömen, formt die Lippen, dirigiert mit der Zunge, was raus will, und schon bin ich alles, was ihr einfällt, alles in einem, sagt Hieronymus.
Über das Laufen will er sprechen, da er seit Tagen eine Unruhe in den Beinen hat – er sagt: Während ich in einer mehr als nur selbstverständlichen Art und Weise die Füße zur Fortbewegung hebe, und dieser kurze und meistens völlig unbedachte Luftaufenthalt des Fußes ein nachhaltiges Abschmecken und ein präzises Austarieren der Richtung ist, ist dein Gehen bloß ein Stolpern, weil du die Witterung nicht in den Füßen hast, sondern bloß der Nase nach läufst. Das Aufheben des Fußes ist bei dir plump. Der-Nase-nach-Laufen ist ein Kinderspiel, das wirkliche Fußwandern aber eine Kunst.
Jetzt kommt er mir auch noch mit so was, denkt die Magd. Was weiß er schon vom Laufen, wenn ich, die Füße schon müde, den ganzen Tag treppauf, treppab, sogar nachts noch die Kerzen hinauftrage? Bring mir warme Milch, schreit er schon frühmorgens. Kaum ist es hell, schon hetzt er mich.

Im Garten sind Geräusche. Vielleicht ist es der Fuchs, der sich eine Ente holt. Er schaut nicht hinaus, weil die Geräusche zu weit weg sind und bis an sein Ohr nicht mehr herankommen. Er hört schlecht. Die Magd hat ihn schon lange darauf aufmerksam gemacht, aber er wollte nichts davon wissen. Ich bin so in den Augen, hat er gesagt, dass mich das Hören kaum noch etwas angeht. Und wirklich – oft kommt es ihm schon selber so vor, als hätte er Watte in den Ohren, dass er sich mit den Fingern in

die Ohren fährt, aber es wird nicht besser davon. Ich rieche die Farben, höre sogar das Aufsetzen des Pinsels – zuzeiten höre ich alles ganz genau, und alles ist so langsam, dass ich die Zeit selber spüre. Nicht wie sie vorwärts schreitet, sondern wie sie stillsteht, wie unter einer Glocke aus Glas steht alles still, obwohl der Pinsel immer neue Farben aufträgt. Ich schaue an mir herunter und erschrecke über die Größe meines Körpers, so hoch ist alles und es braucht so lange, bis die Augen den Boden finden und die Füße sehen, die Zehennägel, die Unterschenkel ohne Haare, weil sie vom Hosentragen abgewetzt sind.
Und dann kommt dieses Knistern wieder, wie man es hört, wenn eine Flamme dürres Reisig erfasst, dieser kurze Moment, bevor das Reisig entflammt, ein Knistern in Erwartung des Luftanschubs, das Geräusch vor dem kräftigeren Lodern. Und auf einmal brennen die Wiesen, das Vieh brüllt, die Menschen werfen die Arme in die Luft, wo sie vorher noch still und selber wie Landstücke in einer Einigkeit mit allem waren. Ich muss lächeln, weil sie plötzlich um ihr armseliges Leben fürchten, und der Pinsel schlägt das Feuerrot über die Büsche und in die Häuser, als würde es nie ein Ende nehmen. Und schon wächst aus den Steinen, wie sie eben noch stumpf und unbesehen dalagen, ein Urwald, ein Paradies voller wunderlicher Vögel und Spinnen so groß wie Ochsen, dass sich den Bauernleibern die Eingeweide nach außen kehren, dass sie sich gegenseitig an den Schwänzen halten, dass sich die Nonnen die Scham bedecken vor so viel Unzucht in den Gassen.

Fußreisende wie ich, brüllt Hieronymus, haben nicht einmal einen Namen. Nur das Knistern in den Füßen haben sie und weiter oben, in den Köpfen, ein weißes Rauschen, und das Fleisch liegt ihnen wie Fell auf den Knochen.
Und wenn es vorbei ist, sagt er, wenn die Farbschlieren hinter den Feuersbrünsten trocken werden, wenn eine Sprödigkeit von hinten nach vorne wächst und in die ersten Farb- und Pinsellinien eindringt, kommt das verwirrende Tasten am Bildgewebe entlang. Ein Wundern, ein unerbittliches und fragloses Wundern, das ein Erwachen ist und oft genug noch zäh wie trockenes Fleisch. Wie zur Vergewisserung muss man die Hand auf Arme, auf den Bauch und ins Gesicht legen. Man spürt Knochen, Rippenbögen, das Jochbein, die Wangenknochen, man spürt einen Totenschädel, dem der Bart gewachsen ist. Absonderlich übereinander abgelegte Geschichten, Wortspiel um Wortspiel, denkt er, Farbspiel um Farbspiel, das Fremde, trotzdem das Fremde.

Ich bin müde. Von irgendwoher bin ich zurückgekommen, keinen Boden habe ich unter den Füßen, ich bin dünn wie ein Stecken, ich stelle mich in den Wind, der Wind geht durch mich, als wäre ich ein Stück seinesgleichen, zur Farbe geworden, ein farbverschmierter, luftdurchlässiger Stecken.

Hieronymus schnippt eine Fliege mit dem Finger von seiner Wange. Fliegen mögen den Schweiß, denkt er. Wenn der Schweiß kommt, kommt die Fliege. Ist es die Fliege, die er gestern mit dem Fuß

weggewischt hat oder ist es jedes Mal eine andere? Wenn sie tot auf dem Boden liegen, bückt er sich, hebt sie auf und legt sie zu den anderen.
Und wenn da einer ist, sagt Hieronymus, der sich aufgemacht, sich auf den Weg gestellt und davongemacht hat, und alles so zu seinem Eigenen wird oder was er dafür hält, soll es mir recht sein. Was fortwill, soll gehen. Soll er sich von mir aus auch im Ungemalten tummeln und dort, wenn ihm das Zusammenspiel von Luft- und Bodenwinden, von Hebungen und Senkungen im Wirklichen gefällt, soll er sich um mich nicht länger grämen. Denn wo er ist, ist es wie auf den Bildern – erst kommt das Meer, dann die Stadt, dann das Feld und dahinter sind die Berge, manchmal kann es auch andersherum sein, aber der Himmel ist immer oben, unten die Hölle und die Tiere mit den Gesichtern. Halb Mensch, halb Tier. Halb dies, halb das.
Er muss lachen. Halb dies, halb das, sagt er. Wie beim Laufen – halb dies, halb das.
Die Magd ist gegangen. Hieronymus schließt die Augen. Hier ist sie als junges Mädchen. Sie reckt den Kopf, lächelt und lässt sich rückwärts ins Gras fallen; hier ist sie im Garten, rupft Unkraut, wendet sich um und schaut zu seinem Fenster hoch; hier recht sie das Laub zusammen; hier kommt sie in seine Kammer, nachdem sie sein Kind weggebracht hat.

Einmal hat er zwei Frauen auf der Wiese gesehen. Die eine, die jüngere, es war die Magd – er hat sie erst gar nicht erkannt –, blieb plötzlich stehen, riss mit einer abrupten Bewegung, wahrscheinlich auf-

grund eines Schreckens, die Arme in die Höhe, fuhr mit den Händen in der Halsgegend umher, sprang dabei von einem Fuß auf den anderen, rief dabei der anderen Frau etwas zu, die, ohne den Aufruhr hinter sich bemerkt zu haben, weitergelaufen war und ebenso plötzlich dann stehen blieb – und da erst merkte er, dass es Mutter und Tochter waren. Die Alte stemmte darauf die Hände in die Hüften und beobachtete, wie die Junge etwas wegzuschütteln versuchte, was ihr den Rücken hinabrutschte.
Im Schreck, dachte er, sind die Menschen sich ähnlich. Ich muss, nahm er sich vor, ihre Bewegungen genauer beobachten, Studien betreiben, zeichnen. Zeichnen, denkt er.
Er öffnet die Tür. Er hört die Magd in der Küche summen. Ein Geräusch, als würde jemand über frisch geschnittenes Gras laufen. Er sieht die toten Fliegen auf dem Tisch, das Staubknäuel, das Tuschglas, den Behälter mit den Federn. Er steckt eine Feder auf den Halter und zeichnet Linien auf den Tisch, unsichtbare Linien, weil keine Tusche an der Feder ist. Kreise, Ellipsen. Für die Fliegen, denkt er, Fliegenkreise. Zum Fliegen.

Plötzlich ist ein Anfang gemacht, sagt er. Die Augen haken sich hinein und bleiben hängen, noch sind die Gedanken woanders, kommen aber zurück, dorthin, wo die Augen sind. Noch ist alles grundlos, ohne Vorstellung und Zusammenhang, es sind erst ein paar Linien, aber der Anfang ist gemacht.
Ein Anfang ist ohne Vorstellung und Zusammenhang, sagt er.
Wie sind diese Linien dorthin gekommen? Warum

ist da ein Strich und da ein Kreis? Niemand sonst hat den Kreis und den Strich gezeichnet. So viel ist sicher. Beim Zeichnen könnte ich gedacht haben: Jetzt gibt es niemanden sonst auf der Welt. Was ein dummer Gedanke wäre. Das Malen könnte aber trotzdem aus dummen Gedanken heraus entstehen. Es ist nicht die gleiche Dummheit, sagt er, wie wenn einer eine schwierige Rechnung nicht lösen oder Wörter nicht richtig schreiben kann. Es ist vielmehr eine Welt- und Sachendummheit, die mit dem Malen zusammenhängt, weswegen es mir schwarz vor den Augen wird, weil das viele Hinschauen nur noch eine Welle blinder Flecken übrig lässt, wo ich doch annahm, dort etwas zu sehen, etwas zum Erkennen zu haben, es wie eine Alltäglichkeit oder auch nur aus der Gewohnheit dort zu finden – und dann sind alle Fäden wie zerschnitten, weil ein Tisch in Wirklichkeit aus Farbmischungen besteht und kein Gegenstand ist zum Sachen-darauf-Abstellen oder zum Handabstützen, sondern das Ende einer Farben- und Dingbeobachtung, die eine Waagrechte erklärt oder die Horizontlinie, und dass einem so etwas nicht mehr aus dem Kopf will und es immer schwieriger wird, von Mal zu Mal wird es schwieriger, sodass man es schließlich bleiben lässt, etwas auf einem Tisch abzustellen. Denn wie käme man dazu, eine Schüssel auf den Horizont zu stellen? Das ergibt eine Fremdheit im Sehen und eine Entfernung, einen Abschnitt, die Dummheit.

In der Nacht findet er keine Ruhe. Das Pendeln der Arme beim Laufen, das Vorwärtsschnellen der Füße, die Fliegenkreise, das Knistern in den Bildern, das Wegstürzen der Farbe, die Feuersbrünste und Wolkenbrände. Ein Wuchern, ein Drehen, ein Fallen. Er steht auf und zündet eine Kerze an. Er läuft durch das Zimmer. Immer im Kreis. Wenn er an dem Bild mit der leeren Fläche vorbeikommt, schaut er zur Seite. Er weiß genau, an welcher Stelle die leere Fläche ist. Zwischen dem Haus und dem Zaun, denkt er. Er ist einfach verschwunden, sagt er. Ein Bildflüchter ist er also, lässt mich hier sitzen, während er sich wer weiß wo herumtreibt. Rechtes Bein und linker Arm. Linkes Bein und rechter Arm. Ich laufe hin und her, ich laufe im Kreis, ich bewege mich in unterschiedlichen Richtungen. Ich laufe in westlicher Richtung, trotz allem in westlicher Richtung.

Geh endlich ins Bett, ruft die Magd von unten. Ich kann nicht schlafen, wenn du die ganze Nacht über meiner Kammer herumläufst.
Jede Nacht das Gleiche, denkt sie. Seitdem der Wanderer mit der Kieze auf dem Rücken verschwunden ist, tigert er jede Nacht da oben auf und ab. Soll er halt den Kerl noch einmal malen, dass endlich Ruhe ist.

Er sagt: Über den Feldern ist die Luft. Ich male sie so, als wäre sie nicht da. Ich mache sie durchsichtig, wie sie ist. Sie soll fließen, wohin sie will. Nur dort, an dieser leeren Stelle, wo gestern die Figur war, die Figur mit den Augen, wie ich noch nie welche gemalt habe, wird es keine Luft geben, weil niemand da ist, der sie braucht. Das Leere braucht die Luft nicht. Wenn die Figur gegangen ist, muss sie diese

Luft, die es dort einmal gab, nicht mehr atmen, weil es andere Luft geben wird. Eine andere Luft wird die Figur um sich haben, eine Luft, die heller ist, mit einem Duft, anders als hier, nicht so sämig im Geschmack nach Kartoffeln und verkochtem Kohl, kein lehmiger Erdgeruch und keine nassen Wiesen. Er nennt sich Landlooper. Er ist aber nur eine Figur. Eine Figur nach meinem Plan und meiner Vorstellung, nichts weiter. Und er ist verschwunden.

Hieronymus steht auf. Er geht zum Fenster und schaut hinaus. Eine Krähe hüpft durch das Gras. Ein schwarzer Punkt auf einer grünen Fläche. Die Wiese ist Farbe, die Krähe ist Farbe. Farbe, die sich hin und her bewegt. Ein Mann geht über die Wiese. Die Krähe fliegt weg. Ein Hund kommt gelaufen. Der Mann wirft einen Stock, der Hund springt über einen Graben und bringt den Stock zurück. Er will sich merken, wie die Krähe aufflog und der Hund über den Graben sprang.

Der Boden ist sandig. Wenn man ihn mit dem Fuß berührt, hört man ein feines Knistern und ein Wegspritzen der Sandkörner, ein druckhaftes Zusammenstauchen und danach ein leises Ausatmen, wenn sich der Fuß für den nächsten Schritt wieder hebt.
Das Unterwegssein, sagt der Landlooper, gleicht dem Abtasten eines großen Bildgewebes. Manchmal ist das Auge schneller als der Körper und sogar schneller als die Füße. Und weil die Füße wie die Augen ein Teil des Körpers sind, sind Füße doch wie Augen, oder? Aber während das Auge schon längst in den Bildern auf hin und her schlingernden Pfaden unterwegs ist, bleiben die Füße oft an Klumpen und Klötzen hängen, die Spachtel oder Pinsel oder die Hände selber auf die Leinwand gemalt haben. Manchmal sind Augen aber langsamer als Füße, viel langsamer sogar, und es hat den Anschein, als blieben sie starr und reglos ihrem Kopfplatz verhaftet, nach innen gekippte Öffnungen auf einmal, dann bleiben sie eingesogen und verstrickt, dann sind sie bei sich, die Augen, und dort bleiben sie, auch wenn die Füße sie schon längst an einen anderen Ort gebracht haben.

Tatsächlich ist ihm heute ein Hund gefolgt. Der Landlooper sagte Krähenhund zu ihm, weil über ihm eine Krähe flog. Eine Zeit lang lief der Hund neben ihm her, setzte sich aber plötzlich auf den Boden und kratzte sich mit der Pfote am Ohr, was überraschend war, weil das Sichsetzen des Tieres so unvermittelt geschah, direkt aus dem Laufen heraus. Dabei drehte der Hund den Kopf zur Seite und

schloss die Augen. Er musste niesen und leckte sich die Schnauze. Dann warf er sich zur Seite und kaute sich mit schnellen und sehr kurzen Bissen, wobei man seine Zähne sah, durch das Fell. Der Landlooper kann Hunde nicht ausstehen.
Sie knurren mich an, sagt er, schnappen nach den Waden und sind völlig gleichgültig der Kunst gegenüber. Sie haben keine Achtung vor der Kunst. Sogar in Bildern benehmen sie sich schlecht.

Ebene Landstriche, von niederem Buschwerk durchzogen, Weideland und Anbauflächen auch am nächsten Tag. Und keinen Meter kommt man vorwärts, weil man auf der Stelle zu treten scheint. Auch die Wolken bleiben immer gleich. Bäume und Felder. Felder und Bäume. Manchmal meint man das Meer zu hören oder die Glocken von Delft.
Das Land ist flach. Es gibt einen Boden, den Erdboden, sagt der Landlooper, der eine Fläche in einer anderen Fläche ist, diese Erde auf einer anderen Erde, mit dem gewölbtem Himmel darüber. Ansammlungen von Flächen und Wölbungen, die ineinander übergehen, in sich einsinken, Benachbartes untergraben, dass es dumpf und hohl klingt, wenn man beim Laufen fest auftritt. Die Flächen verschieben sich in einer unterirdischen Drift, als seien der Boden und der Boden darunter weiches Material, als sei die Gegend nichts anderes als ein allmählich trocknendes Gemälde, das Bild einer Landschaft, zweifellos das Bild einer Landschaft, porös und voller Unschärfen, ein Labyrinth, ein gemaltes.

Das Malen, sagt Hieronymus, ist gewiss kein Zuckerschlecken. Wenn das Bild fertig ist, nimmt man es sich nämlich noch einmal vor. Man rätselt herum und wird nicht schlau daraus. So oft hat man es schon betrachtet, in der Nacht oder am Tag, immer wieder, und fängt trotzdem immer wieder von vorne an.

Im Kopf zumindest fängt man immer wieder von vorne an. Zieht die Linien wieder und wieder bis zu ihren Anfängen zurück, klappt Flächen auseinander, baut sie neu zusammen, malt längere oder kürzere Nasen in Gesichter, lässt das Feuer immer heller lodern, wechselt die Farben wie durchgeschwitzte Hemden, macht sich Sorgen. Nichts will einem schmecken und nachts wälzt man sich herum. Dann steht man auf, wirft sich den Mantel über, rennt die Treppen hoch ins Atelier, weil man ausnahmsweise unten geschlafen hat, bei der Magd in der Kammer, aber auch das war nicht besonders, dann steht man vor dem Bild, findet auf einmal etwas daran, was einem vorher nicht aufgefallen war, setzt sich davor wie schon so oft und beginnt mit jenem öden, aber einen bis in die Knochen aufreibenden Suchlauf, der einem entschlüsseln soll, wie das Bild eigentlich aussieht. Dann wird es hell und mit dem Tageslärm und dem elenden Gezwitscher der Vögel kommt die Erkenntnis, dass es misslungen ist, dass man nicht fertig gebracht hat, was man wollte. Und soll mir einer sagen, was ich eigentlich wollte, als ich damit angefangen habe. Ich habe es verloren. Das Bild habe ich verloren und den Rest auch.

Man quält sich herum, weiß selber nicht, was los ist, obwohl man es ja weiß, aber man will es trotzdem nicht wissen, dann klopft es auf einmal. Es ist der Magistrat, er will das Bild kaufen. Für die Kirche. Es geht aber nicht. Er will es aber trotzdem haben. Unbedingt, sagt der Magistrat. Ich merke schon, wie die Magd unruhig durch das Haus läuft. Sie weiß ganz genau, was der Magistrat von mir will. Soll er es ihm doch verkaufen, denkt sie, dann kommt Geld ins Haus. Misslungen, so ein Unsinn, denkt sie, es sieht doch aus wie die anderen auch. Er redet doch nur so daher. Und nachts jammert er mir die Ohren voll, weil niemand kommt und ein Bild kauft. Er weiß doch selber nicht mehr, was er will. Jetzt lauscht sie sogar an der Tür, denkt er, um ja nichts zu verpassen. Der Magistrat sagt, dass das Bild sogar einen ganz besonders schönen Platz in der Kirche haben soll. Aber es geht nicht. Er muss ein anderes Mal wiederkommen, wenn ich eines fertig habe, das gelungen und nicht so schlecht wie dieses ist.
Wo doch sogar das Bild nicht mehr vollständig ist, weil einer fehlt, weil er sich fortgeschlichen hat in der Nacht, dieser Hundsfott. Und der Magistrat hat noch nicht einmal gemerkt, dass er weg ist, obwohl man es doch genau sehen kann, weil dort etwas fehlt. Aber genau betrachtet – was heißt schon misslungen? Es ist ja nicht wegen seiner Unvollständigkeit misslungen. Die wirklichen Gründe liegen ganz woanders.
Wo denn, fragt die Magd.
Du sollst nicht so neugierig sein, fährt er sie an. Und dir werde ich es ganz bestimmt nicht sagen. Wo

kommen wir denn da hin? Und überhaupt – was soll das ganze Gerede? Und was hat sie die ganze Zeit mit dem Magistrat im Garten eigentlich zu tuscheln?

Jetzt sitzt der Landlooper dort, wo der Bodenbewuchs noch spärlich ist. Er sieht so aus, wie Hieronymus ihn gemalt hat. In die Jahre ist er gekommen, der Wandersmann mit den ungleichen Schuhen und dem Weidenkorb, den er öffnet, umdreht und schüttelt, als müsste im nächsten Moment wer weiß was herausfallen. Er flickt das Loch in seiner Hose. Er beugt sich nach vorne. Dabei rutscht ihm die Kapuze über die Augen. Den Kochlöffel hat er mit dem Stiel in den Boden gesteckt. Das Katzenfell hat er sich um den Hals gelegt. Er zieht die Kapuze wieder zurecht und blickt auf.
Dies, sagt er, und hält etwas, das nur er sehen kann, in die Höhe, dies ist ein Pinsel. Mit dem hat Hieronymus die Heilige Veronika gemalt, das hell aufscheinende Männergesicht mit dem farbigen Frauenhut auf dem Kopf, der Hut mit dem gelben Rand und dem Blau darüber und den dunkelroten Fäden darin, die Haare unter dem Hut wie eine Geschwulstbeule, das Haar Gedärm. Und am gelben Hutrand drei gelbe Schnüre mit drei gelben Schmuckstücken daran. Und hier – ein Korallenzweig. Den Meeresgeruch hat er verloren, und wenn er nicht mehr nach Salz riecht, ist es auch kein Korallenzweig mehr, sondern nur noch ein Gegenstand, den der Alte irgendwann einmal gemalt hat, nutzlos.
Sieh nur, sagt er, wie sich das Licht über dem Flachland wieder verändert hat. Man könnte meinen, der Alte hätte den Pinsel über dem Himmel ausgeschlagen.
Den Korallenzweig hält sich der Landlooper dicht vor die Augen.

Da ist alles drin, sagt er, alles. Wie ich den Zweig auch drehe und wende, er erzählt immer eine andere Geschichte. Als seien in ihm alle Blicke eingebrannt, und die erzählt er auch noch. Immer wieder schaue ich ihn an und schließlich sehe ich nichts mehr. Er bleibt still, weil ich seine Worte nicht kenne. Wenn ich sie aber kenne, spricht er, der Gegenstand.
Ich muss nachdenken, sagt der Landlooper, lässt sich im Sitzen langsam nach hinten fallen, legt den Kopf auf die im Nacken verschränkten Arme und starrt in die Luft. So bleibt er liegen. Ab und zu brummt er etwas vor sich hin. Manchmal lächelt er.

Die Nacht ist kalt. Kein Stern, kein Licht am Himmel. Die Weiden sehen aus wie Sensenmänner, die in einer weit ausholenden Schnittbewegung innehalten. Die gebundenen Ähren auf den Feldern presst die Dunkelheit zusammen wie Gestrüpp. Irgendwo schreit eine Eule. Irgendetwas liegt in der Luft. Da raschelt es, da knackt es.
Es sind die Bilder, sagt der Landlooper, die irgendwo gemalt werden.

Die Stunden dehnen sich wie ein dunkles Band. Schließlich scheint ein sanftes Licht auf. Dort, wo das Meer sein soll. Der Landlooper steht auf, klopft sich den Staub aus den Kleidern und setzt den Weidenkorb auf.
Komm, sagt er, es wird Zeit. Nach Delft gehen, sagt er, und wiederholt es gleich noch einmal, nach Delft gehen ist doch auch nur eine Vorstellung oder eine fixe Idee, ein Bild, ein Gemälde womöglich. Meine

Fäden laufen nach Delft, die Denkfäden und die Malfäden, die Sehnsuchtsfäden eben. Und wenn schon, was ist dabei, wenn dieser Ort bloß eine Vorstellung ist und ein Farbenplatz ohnegleichen? Sieh dich doch um. Siehst du das Licht auf den Zweigen und in den Blättern? Da hat der Alte Gelb hingetupft und Weiß hingetupft und Ocker, vielleicht noch ein wenig Rot und Blau, wer weiß, was er alles auf der Palette hatte. Und noch mehr Öl, dass es glänzt, dass es nur so glänzt auf den Zweigen und zwischen dem Gestrüpp. Und wenn ich mit den Augen ganz nah herangehe, dann glänzt es sogar noch mehr, als hätte Eligius seine Edelsteine in die Bäume hineingehängt. Weil die Landschaft ein Gemälde ist, die Vorstellung einer Vorstellung. Und weil die Malfäden noch feucht von der Farbe sind und weil die Landschaft ein Bild ist, regt sich auch kein Lüftchen. Kein Halm kratzt da an irgendetwas, weil es den Halm nur in der Vorstellung des Alten gibt. Busch und Zweig sind Erfindung, und das Licht, das sich darin spiegelt, hat der Alte das Landschafts-Malerei-Erfindungs-Licht genannt. In den hintersten Bildecken siehst du aber schon ein ganz anderes Licht und ganz andere Gegenstände darunter hervorleuchten. Immer noch sind es zwar der gleiche Baum und der gleiche Busch, aber so, wie die Dinge dort leuchten, haben sie vorher noch nie geflimmert. Und wenn der Alte hier und da bei Busch, Zweig, Engelskörpern oder bei Menschenköpfen das eine oder das andere dazuerfunden hat, so hat es ihm gewiss in den Fingern gejuckt. Die Dinge zum Flimmern bringen, sei das Ziel, wenn es bei der Darstellung des Sichtbaren denn überhaupt

eines geben sollte, hat der Alte gesagt. Obwohl er, genau genommen, und davon könne er, der Landlooper, durchaus ein Lied singen, wenn es jemand hören wollte, das Sichtbare für einen ausgemachten Schwindel hält. Dahinter musst du schauen, hinter die farbige Gegenstandshaut, hat der Alte gesagt, ach was, gebrüllt hat er, wenn es wieder einmal so weit mit ihm gekommen war, weil ihm die Welt die Malvorstellung zusammendrückte wie der vom Meer herwehende Sturmwind eine Fensterhaut.
Das Sichtbare, hat er gesagt, ist das Flachland, wo die Dinge keiner Gewöhnung mehr bedürfen, weil sie gewöhnlich sind. Weil sich im Flachland die Dinge, hat er gesagt, nicht mehr aus dem Denkhintergrund aufrichten können, da sie, vom Sehgebrauch brüchig geworden, nur von dünnstem Zwirn zusammengehalten werden, flach und ohne wirklichen Körper. Die Malvorstellungen, hat der Alte gesagt, seien dann doch mit festerem Faden gewickelt, wenn sich die Dinge schon nicht mehr selber aufrecht halten können. Erst in der Höhe, wo die Luft dünn wird, zeigen sich Körper und Gegenstände in einem anderen Licht. Und wo sonst soll denn das Unsichtbare schließlich sein als im Gemalten?

Ein Kommen und ein Gehen ist in den Bildern, sagt Hieronymus. Schritte in alle möglichen Richtungen und etliche Schritte wieder zurück. Hätte ich ihm gleiches Schuhwerk gemalt, wäre er bestimmt noch früher davongelaufen. Von Tag zu Tag geht es mir schlechter. Bald wird nur noch ein Haufen stinkender Knochenasche von mir übrig sein. Wie auch jetzt schon an meinen Fingern ein Brandgeruch klebt. Wo ich mit den Händen auch hinfasse, riecht es bald nach Versengtem. Ja, meine Landschaften, wenn es die nur wären, hätte ich meine Ruhe und den Frieden hätte ich auch, aber sie sind nur der Ort für alles andere, die Orte selber sind unschuldig wie am ersten Tag, ein hingegossener Himmel, ein Wandelplatz für Kreaturen, ob sie fliegen, laufen oder kriechen. Wenn man aber genau hinschaut, sind diese Orte nichts als lasterhafte Brutstätten, in denen die Leiber verglühen und verrotten, ein Hinrichtungsplatz von Gottes Gnaden ist die Landschaft und kein Lust- und Erbauungsort, für den die Magd sie hält.
Landschaften, heißt es, sind zusammenhängende Striche, Landstriche sagen die Leute, als wären die Orte und Gegenden mit dem Stift hingezeichnet worden. In Landschaften wimmelt es von Strichen. Ein Strich neben dem anderen. Ein Strichhieb, blank gezogen, und noch ein Hieb, bis es voll ist, bis man tatsächlich etwas vor sich sieht, mit Linien gefüllt, mit Bündeln voller Striche, ein Knäuel. Und dazwischen klebt die Farbe, Ausschüttungen von Pigment, in der die Bildluft zu einer Haut gerinnt und bleibt. So lange bleibt, bis das Höllenfeuer kommt und Asche über das Land streut, wo es eben noch

grün war und blühte. Und weit, weit hinten – die Stadt. Das göttliche Jerusalem wie eine Zukunft, wo die Landstriche einen neuen Körper aus der Erde machen, Strich um Strich hoch gedrückt, in die Höhe gestapelt, Stein auf Stein, ein Lauffeuer aus Winkeln und Ecken, wo aber schon die aus den Wäldern vertriebenen Tiere lauern, und über der Stadt ein zerschnittener Himmel, Streifen und Linien und Linien und Streifen, worin die Jupitermonde taumeln und gegen das Gerüst der Linien schlagen, dass es in den Gassen dröhnt und hallt. Und dort, wo die Stadt an ihren Rändern ankommt, wo Steinschüttungen und all die Winkellinien ihren Abschluss finden, werfen die Monde grelles Licht auf alle, die es wagen, die Grenze zu überschreiten. Es gibt kein Entkommen. Blitzschläge und Donner, bis die Adern in den Leibern veröden. Dann wäre endlich Ruhe und der Himmel hätte ein Einsehen.

Nach Delft gehen. Was nichts anderes heißt, als sich durch die Welt treiben lassen. Was nichts anderes bedeutet, als der Malerei zu folgen, sagt der Landlooper. Sich vorzustellen, wie die Welt wäre, wenn sie nur aus feuchter Farbe bestünde, die nur langsam fest wird, und aus dem Spiel des Lichtes. Wenn alles ein Gemälde wäre, ein angehaltener und so tatsächlich zum Stehen gebrachter Weltausschnitt. Und um in der Welt zu sein, müsstest du das Gemalte ganz nah betrachten, weil die Welt sonst überhaupt nicht wäre. Sonst gäbe es bloß eine leere Entfernung zwischen dir und dem, was du nicht kennen würdest. Weil das Malen die Welt machen würde. Weil das Gemalte die Welt wäre. Das Gemalte wirst du regelrecht studieren müssen, wenn es sein muss, sogar mit der Lupe, um den verschlungenen Bildwegen folgen zu können. Ganz nah musst du herangehen, so, als würdest du selber im Bilde sein. Bis du schließlich selber drin bist. Du selber also im Bilde. Wie gerade jetzt, denn aus der Entfernung ist es zweifelsohne eine Stadt, was wir vor uns sehen.
Delft, sagt der Landlooper.

Wie aus feinstem Holz geschnitzt, die Häuser samt Türmen und Dächern ineinander verschachtelt, die Brücken und Fenster und die im Licht blinkenden Fassaden, das Wasser und die Schiffe, aber aus der Nähe betrachtet, ist es ein Gemälde. Jetzt eilt der Landlooper auf Delft zu.

Man muss die Bilder sich erzählen lassen, zum Sprechen muss man sie bringen, sagt Hieronymus, dann bewegt man sich im Farbzauber der Vorstellung hin und her und kann ihrer Verdichtung folgen, bis sie dieses undurchdringliche Ganze geworden sind, in dem sich die Figuren, die Häuser, die Bäume und die Gegenstände im Sichtbaren miteinander verflochten haben, so lange muss man es sich erzählen, bis die Verkleinerung des Sichtbaren von den äußersten Enden des Gegenstands bis an die äußersten Bildkanten vorgedrungen ist. Bis das Sichtbare, was eine besonders eigenwillige Form der Vorstellung ist, den Farben selber vollständig eingewoben worden ist. Denn immerhin bedarf es einiger Geschicklichkeit, einen gottverlassenen Landstrich auf Bildgröße zusammenzumalen oder einen Fluss auf der Staffelei auszubalancieren, dass es keine Überschwemmung gibt.
Die Magd sagt jaja, stellt den Topf in den Teller, legt den Löffel dazu und geht hinaus. Er zählt die vierzehn Stufen, bis sie unten ist.

Jetzt steht der Landlooper neben den beiden Frauen unten am Wassser, im hellen Ocker des Sandes, die Frauenrücken starr und aufrecht. Die Frauen stehen weit auseinander. Sie müssen laut sprechen, wenn die eine verstehen will, was die andere sagt. Aber es ist vollkommen still. So still, dass sogar das Rufen in dieser Bildruhe ungehört bleibt, denn der Landlooper fuchtelt nun mit den Armen in der Luft herum, als würde er auf einer Wandtafel Schreib- oder Rechenfehler mit einem Tuch auswischen. Kreidetücher hinterlassen ein unangenehmes Gefühl an den Händen und manchmal sogar ein pelziges Gefühl auf der Zunge. Dagegen hilft Wasser, wovon es im Kanal, an dem der Landlooper neben den Frauen steht, genug gibt. Entweder machen ihm der Kreidegeschmack und das rauhe Handgefühl nichts aus, oder er hat den Kreidelappen überhaupt nicht angefasst, weil es womöglich gar nichts zum Auswischen gab.

In Delft sein. Als hätte die Feineinstellung einer optischen Gerätschaft das Panorama des Sichtbaren endlich mit seiner eigentlichen Wirklichkeits-Brennweite ausgestattet und es in ein glasklares, überbelichtetes Territorium verwandelt. Als gäbe es dort eine wirkliche Stadt zu sehen. Aber als Modell, als tatsächliches Wirklichkeitsmodell, eine Stadt, die Delft sein soll, auf Bildgröße geschrumpft, die Ansicht von Delft. Als wären die Häuser, die Schiffe, die Brücken und die Türme, die vorhandenen und die sichtbaren Häuser, die Schiffe, die Brücken und Türme, aus ihrem Schlingern und ihrer Drift herauspräpariert und in ein anderes Gewebe verpflanzt worden, als hätte erst der Dachshaarpinsel sie in ein ruhigeres Fahrwasser gesetzt und sie still gemacht und ihre Geschwindigkeit, ihre Gegenstands-Geschwindigkeit, in ein sanftes Farbgleiten verwandelt.

Man muss, denkt Hieronymus, von den Gegenständen sprechen, von ihren Kanten und Übergängen, von ihrer Verwandlung. Er öffnet das Fenster und eine Luft weht herein, die ein wenig nach Salz und Rosmarin riecht. Weißes Salzlicht über den Feldern, denkt er, und ein südlicher Garten. Die Katze schnuppert daran und wendet sich ab. Das Bild wird bei jedem Farbauftrag schwerer, denkt er, dabei soll es leicht sein, federleicht. Bilder sollen wie Federn sein oder wie eine ausgegossene Milchhaut. Dünn, deckend und nahrhaft. Die Magd schaut ihn ungläubig an und verschränkt die Arme vor der Brust Sie sieht den Alten am Fenster stehen und in die Nacht schauen.

Jetzt geht der Landlooper zu den Leuten, die gerade mit dem Boot angekommen sind. Schon kommt ein Magistrat und begrüßt die hohen Herrschaften. Den Landlooper schickt der Magistrat weg. Hier habe er schließlich nichts verloren, soll er doch seine Waren drüben in der Stadt feilbieten und die Herrschaften gefälligst nicht belästigen.
Auf dem Bootsdeck sitzt ein Hund. Die Frau neben dem hohen Herrn trägt einen dunklen Hut, der Herr einen Zylinder. Deswegen ist ja auch der Magistrat gekommen, weil die Herrschaften von Bedeutung sind. Viel wahrscheinlicher ist aber Folgendes: Die Frau und der Mann kehren von einer Reise zurück, die sie im letzten Winter angetreten haben. Ihr Gepäck ist schon auf dem Boot, das sie auf die andere Seite des Kanals bringen wird. Der Bootsführer wartet aber noch auf weitere Passagiere, damit die Überfahrt sich lohnt, und die Herrschaften warten auf die Abfahrt des Bootes. Sie sind für die Jahreszeit zu warm angezogen. Immerhin hat die Frau ihren Wintermantel schon ausgezogen und hält ihn sich vor den Bauch. Vielleicht ist sie schon wieder schwanger und schämt sich, weil das Letztgeborene, das die Amme auf dem Arm hält, noch so klein ist. Der hohe Herr ist also der Vater. Übrigens ist er viel größer als seine Frau. Er hingegen hat den schweren Wintermantel noch nicht ausgezogen. So kommt das kostbare Kleidungsstück auch besser zur Geltung. Er könnte als Tuchhändler in Geschäften unterwegs gewesen sein. Jetzt ist er Vater, wird es sogar bald noch ein weiteres Mal und kehrt mit seiner jungen Frau von einer langen Reise zurück. Vielleicht hat der Tuchhändler die Frau aber an

einem anderen Ort kennen gelernt und will ihr nun seine Stadt, von der er schon so oft gesprochen hat, endlich zeigen. Möglicherweise kehrt er aber mit ihr und dem Kind nach Delft zurück, weil allein die Farbigkeit eines Hausdaches auf der anderen Seite des Kanals der seines Wintermantels gleicht. Als wäre der Tuchhändler von den Dachfarben der Stadt umhüllt und darum fest in das Ortsgewebe eingenäht, weil Dächer und Mäntel gleichermaßen vor Regenwetter und Sturm schützen und außerdem ein heimatliches Gefühl hervorrufen. Der Tuchhändler ist also ein Einheimischer und seine Frau kommt bestimmt aus den südlicher gelegenen Provinzen, vielleicht kommt sie aber sogar von noch weiter her.

Über der Stadt ziehen Wolken auf. Sie haben eine lindgrüne Farbe, als würden Blätter eines Apfelbaumes über der Stadt schweben. Die Himmelsgegend über Delft ist hoch, denkt der Landlooper, und weit. Ohne Ende weitet es sich über den Häusern in eine Schwindel erregende Tiefe hinein. Und während die Stadt immer näher kommt, zieht es den Himmel in die Unendlichkeit. Die Stadt darunter ist ein flächendeckendes Hornschuppentier, ein Riesenchamäleon, das sich, bevor es die Farbe wechselt, in seiner ganzen Pracht noch einmal zeigt. Daumennagelkleine Häuser wachsen dem Tier aus der Haut und helle Lichtpunkte brechen hervor, als würden sich der irrlichternde Himmel und das schwerere Erdlicht ineinander schieben und ein neues, noch nie gesehenes Licht machen, als würde sich der steinerne Schuppenleib in eine Augenkostbarkeit fantasieren, dass es zuckt und weht, als wäre vor der wirklichen Stadt eine Ansammlung von Linsen und Spiegeln aufgebaut worden, worin sich der leuchtende Farbleib zeigt, ein Kopf stehendes Jerusalem in Öl: Fassaden, Dächer, Türme, scharf wie ein Messer, und die Luft um sie herum ein Rausch und dünn wie gläsernes Gewebe – die Stadt und der in den Zustand der verwirrlichen Magie hineinprojizierte Leib, kein Körper, sondern ein Leib, ein Farbleib. Aus dem Sichtbaren in das Andere, ein Hin und Her, endlose Schlaufen, denen die Augen kaum folgen können, ein fest im Fleische stehender lasziver Leib, ein Hirnglied, ein zuckendes.

Schau dir endlich das Schiff an, sagt der Landlooper. Schon springt er in das Boot und rudert los. Auf das Schiff zu.

Ein Geisterschiff, sagt er, aber trotzdem wie ein Spielzeug, das man vorsichtig aus dem Wasser heben möchte. In die Jackentasche will man es am liebsten stecken. Mitnehmen möchte man es. Es ist zerbrechlich wie ein Libellenflügel und im vorderen Teil fest wie der Panzer eines Hirschkäfers. Gutes Material, sagt er, und streicht mit der Hand über den Schiffsbug, obwohl sich derartig Farbtrunkenes eigentlich nicht für eine schwere See eignet. Vielleicht können ihm aber die Wellen gar nichts anhaben, denn möglicherweise würde es wie ein Farbschleier über dem Wasser tanzen, und vielleicht kommst du trotzdem mit solch einem Schiff überallhin, sogar bis ans Ende der Welt, wenn es nötig wäre. Stell dir vor, du würdest auf einem durchsichtigen Farbgitter über die Meere fahren. Immerhin hättest du festen Halt, weil du dich bei hoher See,

und erst recht, wenn der Sturm das Schiff schwindelig macht, am Farbgitter festschnallen könntest, wie ein Gurtgewebe dehnt es sich mit dem Schlingern der Wellen, und das Farbgewirre der Pigmente schwimmt über das Wasserbrausen hinweg. Über dir bäumt sich das Meer auf, aber es kann diesen Schiffsleib nicht packen. Immer wieder entzieht er sich dem Meeresgriff, Farbmaschen schlüpfen durch Wellenberge und erst nach dem Sturm, in ruhigem Wasser, fügen sich die Gitterfäden wieder zu dem Bild des Schiffes, zu etwas Ganzem.
Der Landlooper rudert weiter, als wüsste er, wohin er wollte. Dann steckt er ein Ruder steil in das Wasser, sodass sich das Boot im Kreis dreht. Siehst du, wie die Farben jetzt fliegen? Wie Lichtpfeile zerstochern sie die Haut der Dinge. Er lächelt und in seinen Augen blitzt es auf.

Das Malen ist atemlos, denkt Hieronymus. Von irgendwo her pfeift aus einem Luftsackorgan ein Bildwind heraus, dass es in den Ecken den Staub aufwirbelt, Knochenstaub wird aufgewirbelt, weil in den Ecken und Winkeln die Bilder wie Leichname gestapelt sind. Dort dümpeln sie auf schlierigen Farbwegen hin und her, schlagen sich Kanten und Risse wie losgerissene Boote, und wenn der Luftsack leer gepumpt ist, fallen die Bilder in sich zusammen wie aufgeplatzte Schweinsblasen. Atemlos ist das Malen, weil denen, die es tun, darüber die

Luft ausgeht, die Atemluft, die eigene. Die Malluft, in der die Bilder stehen wie vom Regen durchweichtes Getier, stinkt nach schickerem Gedärm, und wenn du deine Hände da hineinhältst, weil du immer wieder mit dem Pinsel in dieses Gebiet eindringst, kannst du nachher noch so lange schrubben und kratzen, der Bildgeruch bleibt kleben. In die Poren sickert er, mäht sich durch deinen Körper, umnebelt die Sinne und legt Hirnfeuer.
Gib endlich Ruhe, sagt die Magd. Du redest und redest, und ich bin müde vom Zuhören. Die ganze Nacht redest du schon und mir fallen die Augen zu.
Kling, klong, kling, klong, singen musst du, sagt Hieronymus, wenn du es nicht mehr aushälst.
Wie überhaupt – und da hebt er den Finger und hält ihn kerzengerade nach oben – das Malen meistens ein bodenloses Fliegen ist und auf Dauer blind macht, ein blindes Fliegen über brüchigem Boden. Gebratene Ochseneier sollen gut für die Augen sein, Ochseneier machen starke Augen, und die braucht man zum Malen. Außerdem muss immer genug Öl im Haus sein, um die Bilder damit einzureiben, dass sie glänzen wie Speckschwarten, dass sie dir immer wieder durch die Finger rutschen, wenn du sie festhalten willst.

Stadt- und Kirchentore, Brückengewölbe und Abwasserkanäle, sagt der Landlooper, und zeigt nach Delft hinüber, deuten darauf hin, dass menschliche Bedürfnisse bewegte Masse sind, dass sich das Höhere und das Niedere besonders in Städten mit dem menschlichen Drang der Fortbewegung verbindet. Du gehst durch das Stadttor, weil du ins Wirtshaus willst. In die Kirche gehst du, um mit deinem Gott Zwiesprache zu halten. Du bewegst dich unter fest umbautem Raum hindurch, Steinquader über dir, mit Mörtel zusammengefügt, dass sie dir nicht auf den Schädel fallen. Von offenen Räumen gehst du in geschlossene hinein, unter den Torbögen ist es feucht und finster, nachts pissen die Männer an die Mauern, manche kratzen mit stumpfen Klingen Namen in den Stein, manchmal auch Zahlen von Bedeutung, Jahreszahlen etwa, die für ein Jahr gültige Zahl, die nach der Jahreswende eine alte Zahl ist; ab und zu macht es sich ein Trunkenbold im Schutz des Torbogens bequem, es soll auch schon zu unzüchtigen Handlungen gekommen sein, weniger beim Eingang der Oude Kerk, beim Schiedamer Tor aber schon. Und wenn sogar unter den Torbögen und all den Gewölben noch das Hohe Lied gesungen wird, ist eine solche Stadt nicht umsonst aus dem Sand hervorgezogen worden oder für nichts aus dem Pinsel geflossen, wie auch immer. Und überall zuckt und knistert es aus den Wänden heraus. Und wenn du die Hände auf das Gemäuer legst, kommt das Kribbeln in die Finger, weil die Farben und die Gerüche und die Stimmen, weil die Bildluft von alldem voll und satt ist. Deswegen leuchtet sie wie der brennende Dornbusch, deswegen ist überall ein

Rauschen, auch wenn du es nicht wahrhaben willst, deswegen blitzt es bis in die Wolken hinauf.

Am Steg, der kein richtiger Anlegeplatz ist, sondern sich, wie es aussieht, aus dichtem Farbgemenge ergibt – trotzdem oder womöglich gerade deswegen kein Hinderungsgrund für den Landlooper –, macht er das Boot fest, froh, wieder festen Boden unter den Füßen zu haben. Schnurstracks läuft er über den Sandplatz vor der Oude Kerk, und als wäre er den Weg schon oft gegangen, betritt er den Kirchenraum, hält sich dort aber nicht auf, sondern steigt hinter der Kanzel die Wendeltreppe hoch. Außer Atem stützt er sich, oben angekommen, auf die Brüstung des Glockenturmes.
Höhenangst, sagt er, ich kann nicht herunterschauen. Aber der Luft- und Himmelskitzel und die Magentauchfahrt bis zur Schamgegend hinab sind es mir wert.
Was er sieht, überrascht ihn, weil die Gebäude – von hinten betrachtet – keine Rückseite haben. Es ist nichts zu sehen. Nicht einmal eine rückseitige Silhouette des Schiedamer Tors zeichnet sich ab. Nur vor ihm leuchtet und schimmert es unverdrossen weiter. Die Frauen am Kanal sind ebenso verschwunden wie die hohen Herrschaften und der Magistrat. Sogar das Schiff mit den weiß aufblinkenden Lichtketten, die vom Bug bis zum Heck alles zusammenbinden – und er hat es gerade doch noch mit eigenen Augen gesehen – ist weg.
Hohlkörpermalerei, sagt der Landlooper, wo man hinschaut nur Theater und Staffage. Aber immerhin sind die Schwalbennester im Turmgeviert echt.

Auch der Baum hinter der Brücke hat keinen Stamm. Wie ebenfalls Kräne, Flaschenzüge und Marktstände nicht einmal einen Luftstrich hinterlassen.
Da kann man lange Maulaffen feilhalten, sagt er, und in die Leere starren, die genau besehen eine Bildleere ist, ein Unort, wenn man so will. Aber wenn man sagt: Etwas fehlt, dann weiß man anscheinend genau, was. Dies ist aber bloß eine Vorstellung, weil im Fall der Häuser ohne Rückwand die Annahme besteht, dass sie von hinten besehen immer noch Häuser sind und nicht, wenn man so will, deren Gegenteil, ein bis an den Rand des Gegenstands, nämlich getriebenes und darüber hinausgerutschtes Gegenteil sogar, ein Nichts. Eine Umrisszeichnung wäre noch etwas oder ein durch die Leinwand sickernder Ölfleck, aber Nichts ist noch weniger, ein Sachverhalt, der alles in allem ein rechtes Kunststück zu sein scheint – etwas zu malen, was einerseits nur so funkelt vor lauter Farben und andererseits nicht einmal den Anschein erweckt, etwas sein zu wollen, weil es gar nicht da ist. Steinblöcke, Gewölbekrümmungen, Dachstühle, Türme, Fensterstürze, Giebellinien, die sich mir nichts, dir nichts in noch weniger als Luft auflösen. Und nur, weil ich vom Turm aus dorthin schaue, wo ich gerade vorher noch gewesen bin. Ein paar Schritte und ein Zurückschauen, und man ist hinter den Linien und Flächen, hinter der Oberfläche der Farbe. Dass Vorder- und Rückseite zusammengehören, dass ein Haus rundherum ein Haus ist, weiß jeder, dass es aber hinten gar nichts ist und nur leer – und von hier aus kann ich es genau sehen –, ist eine

hundsgemeine Pinselvolte. Hieronymus, das kann ich beschwören, macht es anders, er malt die Rückseiten mit, da bin ich mir sicher, auf so etwas lässt er sich nicht ein.
Der Landlooper zumindest hat Haut und Knochen, sogar einen Rücken hat er, und wenn er die Wendeltreppe hinuntergeht, sieht man es ganz deutlich.
Im Mechelen ist heute Abend ein Fest, sagt er. Es kommen welche aus einer anderen Zeit.

Der Sand auf dem Platz vor der Oude Kerk sieht so aus, als hätte ihn jemand frisch geharkt. Nicht einmal der Abdruck einer Katzenpfote ist zu sehen, kein Fetzen Papier, kein verlorenes Kleidungsstück und auch kein toter Vogel.
Dem Gemalten also wieder entgegenlaufen, sagt der Landlooper.
Die Stadt ist wie ausgestorben. Nur das Farblicht rollt wie eine Kugel durch die Gassen, springt zwischen Mauern und Brückenpfeilern hin und her und durchschüttelt ganze Gebäudeteile. In den Farbadern, die armdick, aus Öffnungen, zweifelsohne Fenster oder Türen herauskommen, pulsiert es.
In der Stadt, die wie ein trotzdem aber schlafender Leib in sich selbst zu ruhen scheint, rumort eine Geschwindigkeit, ein Aufruhr ist zu spüren, ein Brodeln in den Gassen, die keine wirklichen Gassen sind, sondern übereinander gestapelte Augenblicke – ein Blinzeln, ein Wimpernblitz, und jedes Mal gibt es mehr davon: mehr Gassen, mehr Öffnungen, mehr Gewölbe, mehr Farbe und mehr Schatten, mehr Funkeln und ein noch schnelleres Gleiten von einem Raum in einen anderen, obwohl es keine

Räume sind, das wird dem Landlooper allmählich klar. Keine Räume sind es, sagt er, sondern hinter- und übereinander gestapelte Lidschläge, als würden mit Farben beladene Pinsel, ein Pinselschlag nach dem anderen, gegen ein Nichts anrennen, gegen eine bodenlose Leere, gegen einen blinden Fleck. Nicht einmal ein Hund, denkt er, würde sich in solch eine Wildnis wagen. Kein Fenster schlägt, obwohl der Wind durch die Gassen bläst, und keine Tür.

Niemand ist zu sehen. Die hohen Herrschaften auch nicht. Der hohe Herr sitzt wahrscheinlich schon wieder über seinen Geschäftsbüchern, rechnet, kalkuliert, gibt Anweisungen und ist gleich schon wieder unterwegs – nach Flandern will er, schweren Kattun verkaufen, das bringt Geld, das wird er brauchen, weil seine Frau schon bald ein Kind, das zweite Kind, gebären wird, sie liebt Hermelin am Kleiderkragen, Perlen, Schmuck, Geschmeide, und er muss nach Flandern, den schweren Kattun verkaufen.

Und der Magistrat? Zufrieden wird er mit sich sein, weil er die hohen Herrschaften begrüßt hat, den Stoffhändler mit seiner jungen Frau. Und zwischen den Farbschichten, das spürt der Landlooper ganz genau, hat sich der Aufruhr schon eingenistet, Ketzer, Vagabunden und fahrendes Volk, die nur darauf warten, die Farben wie Brustwickel um die Häuser zu legen, dass ihnen, auch ihnen, die Luft ausgeht, dass dem Magistrat und den hohen Herrschaften die Farbe – die Perlen, das Geschmeide, der Kattun, sogar der buntfarbene Mantel des hohen Herrn – wie Gelee über die Finger rinnt.

Der Landlooper fröstelt. In den Gassen ist es kalt. Noch soll es bleiben, wie es ist, denkt er, aber dieses Bild, diese Stadtansicht, ist schon mehr als nur die Vorstellung dessen, der es gemalt hat. Wie ein Wurf junger Hunde streunt es bereits umher, wagt sich hinaus, irgendwohin ins Freie wagt es sich, krallt sich dort fest und jault den zwielichtigen Mond an. Kein Wunder, denkt er, dass niemand zu sehen ist. Als wäre die Stadt ein Boot, die Taue gekappt und unterwegs und den schützenden Hafen schon längst hinter sich, schwimmt an Küsten und landlosen Inseln vorbei, die keiner kennt, die auch keiner von den Bewohnern sehen will, weil sie sich davor fürchten. Wie sie sich auch vor der Stadt fürchten, vor ihrer eigenen Stadt, der stolzen Stadt, weil sie ein gefährliches Tier sein könnte, ein Monstrum, oder eine Pflanze, die sogar vor dem Verzehr von Menschenfleisch nicht zurückschrecken würde. Deswegen haben sie sich in ihre Kammern verkrochen, und nur bei hellem Tageslicht wagen sie sich heraus, sind am Kanal zu sehen oder vor der Kirche. Und auch dort sind sie wachsam, ein falscher Schritt und sie stürzen zwischen die Farbmaschen, fallen in tiefe Abgründe, die sie sich nicht einmal in ihren schlimmsten Träumen vorzustellen wagen. Deswegen, denkt der Landlooper, stützen sie sich weder an Mauern noch an Fenstern mit den Händen ab, weil sie den Farbschichten um sich herum nicht trauen, sie könnten nachgeben, es könnte bröckeln und zusammenstürzen.
Trotzdem zieht es den Landlooper weiter, durch Gassen, über Plätze und in irgendwelche Winkel hinein.

Das Mechelen ist im amtlichen Register eingetragen auf Johannes Vermeer, Gastwirt und Maler. Das ist recht, denkt er. Wenn man von der Malerei genug hat, kann man sich am starken Getränk gütlich tun, bis man auch davon genug hat und wieder von vorne anfängt. Er muss sich bücken, um den Kopf nicht an dem niedrigen Türbalken anzuschlagen. Vier Wände, zwei Fenster, ein Schanktisch, zwei Nebenräume. Der eine ist die Küche, der andere das Atelier. Ein paar Holztische im Schankraum, davor Bänke. In der Mitte des Raumes steht Vermeer, breitbeinig, die Arme vor der Brust verschränkt, auf dem Kopf hat er einen roten Turban. Der Landlooper setzt den Korb ab und erkundigt sich gleich nach Hieronymus.
Der Alte kommt nicht, sagt Vermeer. Offenbar ist ihm der Landgang einer seiner Kreaturen nicht bekommen. Wie ich höre, kann er sich damit nicht abfinden, dass ihm einer aus dem Bild davongelaufen ist. Kurioser Vorgang, zweifelsohne. Nicht gerade rücksichtsvoll, will ich meinen, gebührt doch der Malfigur Respekt vor seinem Schöpfer. Als müssten sich Derartige nun auch noch aus dem Schlaf wecken und selber in die Welt entlassen. Wofür soll, in Gottes Namen, die Malerei denn nun gemacht worden sein, wenn nicht aus Gründen der Bewegungslosigkeit von Figuren und Gegenständen? Alles hat seinen angestammten Platz. Punktum. Das Bild und seine Teile müssen als fest umrissene Vorstellung auf der Seite dessen bleiben, der den Aufmarsch von Figur und Gegenstand angezettelt hat. Das Hinterlassen von Leerstellen im Bilde schickt sich nicht. Bildfiguren sollen sich das gesagt sein lassen und

ihr Schicksal fraglos annehmen. Vereinzelte Flatterhaftigkeiten darf man ihnen durchaus zugestehen, aber der Bewegungsdrang gemalter Bildfiguren hat sich ein für alle Mal dem allgemeinen Malgefüge anzupassen.
Soll er nur reden, denkt der Landlooper.

Weil zwei Männer hereinkommen, gibt Vermeer einstweilen Ruhe. Nun sieh dir an, wie er sich den beiden an den Hals wirft, Kratzfüße, Verbeugungen. Eigenartige Gestalten – Vermeer nennt sie Leo und Andy – treiben sich hier herum, denkt der Landlooper. Da würde Hieronymus aber Augen machen, wenn er hier wäre. Und wie soll ich ihm das alles erklären?

Im Mechelen also. Ein Ort hinter den Linien und jenseits der Farben, denkt er. Ganz sicher ist er sich aber trotzdem nicht. Dass sich hinter den Malhäuten, hinter den Verflechtungen von Pigmenten und entgegen aller Bildgewohnheit doch etwas Wirkliches einnisten konnte, auch wenn es bloß ein Wirtshaus ist, in dem es nach Bier und Tabak und weiß der Himmel was stinkt, macht den Landlooper stutzig: Dass aus dem Gewoge der Farben eine Festigkeit herausdestilliert werden konnte, wenn auch bloß vorübergehend, wo doch sonst hinter dem Gemalten die blanke Leere ist, dass es plötzlich nach einer Art Wirklichkeitsnische aussieht, in der wer weiß welche Geschäfte abgewickelt werden, dass Vermeer einen lächerlichen roten Turban trägt und den Landlooper, kaum hereingekommen, so zur Rede stellt.

Die Magd schließt das Fenster. Da läuft Hieronymus. Sie sieht ihn an der Hecke vorbeilaufen, die Hände auf dem Rücken gefaltet. Mit kleinen, gänzlich unerwarteten Sprüngen hüpft er auf einmal, den linken mit dem rechten Fuß abwechselnd, den Weg entlang, bleibt stehen und dreht sich um. Sie sieht, wie er sich mit der Hand über die Stirn fährt, wie er etwas sagt, wie er sie am Fenster bemerkt und wie er sie zu sich winkt. Er steht dort, denkt sie, und fuchtelt wild mit den Armen in der Luft herum, als würde er mit seinen bloßen Händen etwas wegwischen wollen. Aber sie geht nicht zu ihm. Sie bleibt oben, am Fenster. Wahrscheinlich will er mir wieder von seinen schlimmen Träumen erzählen, denkt sie. Sie dreht sich um und betrachtet das Bild mit der leeren Stelle. Eigentlich hält sie nichts von Spuk und Geisterei, aber jetzt ist sie sich nicht mehr sicher.

Der Landlooper sagt: Ich bin überrascht, ja, Vermeer, Herr Vermeer, wollte ich sagen, ja, ich bin es. Warum wollt Ihr sicher wissen. Ich kann Euch sagen, dass ich es schlicht und einfach geschmacklos finde, unerwartet geschmacklos sogar, wie es hier aussieht. Und ungemütlich ist es obendrein. Die Wände sind braun, ob es Farbe ist oder Dreck, kann ich nicht einmal sagen. Tische und Bänke sind schmutzig. Kein Feuer knistert im Kamin. Nüchtern, sehr nüchtern kommt mir das alles vor, so würde man es wie bei einem Eures Schlages nicht gerade erwarten. Übertrieben nüchtern ist es – oder müsste ich sagen: untertrieben nüchtern? Und dies ganz im Gegensatz zu den Räumen, welche in Euren Bildern zur Darstellung kommen. Die Zimmer dort haben, könnte man sagen, eine ausgesprochen gemütsvolle Ausstattung, und die Frauenspersonen, die sich in den Zimmern aufhalten und einer Beschäftigung nachgehen, sind anscheinend kostbar. Solcheart Dinge gibt es hier, in Eurem Schankraum, beim besten Willen nicht zu entdecken. Sei's drum – das allgemeine Lichtgleiten im Bilde, wie auch das Seelenleuchten der Personen, gelingen Euch wie nichts, als wäre es wie tägliches Brotschneiden oder Raumauskehren. Wie überhaupt Frauen anscheinend Euer bevorzugtes Malthema sind. Ganz bestimmt brennt es Euch unter den Nägeln, wenn sie Schicht um Schicht allmählich Gestalt annehmen und immer schöner werden. Die Frau mit der kostbaren Perlenkette dort, zum Beispiel, das Bild, meine ich.

Was nimmst du eigentlich das Maul so voll? Ein

Strauchdieb, ein Dahergelaufener wie du, sagt Vermeer, und hält hier geschwollene Reden, als hätte ihn jemand um seine Meinung gefragt. Bist mir ja ein schöner Klugscheißer, ein Hundsfott, wenn du es genau wissen willst, bist du.
Seien Sie doch nicht so streng mit ihm, sagt Andy. Lassen Sie ihn doch. It's very funny, was er sagt.
Auf solches Gerede kann ich verzichten. Der soll sich gefälligst in die Ecke setzen, wo er hingehört. Bildflüchter und Nestbeschmutzer dieser Art kann ich hier nicht gebrauchen. Dann kommt mir zum Schluss Hieronymus noch und beschuldigt mich, ich hätte dem Kerl hier Asyl gewährt. Wo kommen wir denn da hin?
Quatsch, ruft der Landlooper dazwischen. Von wegen Asyl. Reisende wie ich kommen und gehen ganz aus freien Stücken, auch wenn es Euch nicht passen sollte.
Hol Dich der Teufel, brummt Vermeer und setzt sich zu Leo und Andy an den Tisch.
Andy bestellt eine Runde. Er selber bleibt beim Tee. Der bekommt seiner Haut besser als Alkoholisches.

Was die Frauen in Ihren Bildern betrifft, bemerkt Leo und beugt sich ein wenig nach vorne, Jungfrauen sind das aber nicht mehr, oder?
Jetzt reicht es mir aber, ruft Vermeer, reißt sich den Turban vom Kopf und haut mit der flachen Hand auf den Tisch. Was wollt Ihr eigentlich? Ihr kommt hierher und redet mir die Ohren voll mit Eurem Unsinn. Ihr seid doch nicht mehr recht bei Trost. Was wisst Ihr schon vom Malen? Und was wisst Ihr vom Licht und was das Licht imstande ist, mit den

Frauen zu machen? Ihr meint wohl, ein Gemälde sei eine launige Breitwandinszenierung? Eine billige Klamotte vor lichtdurchfluteten Vorhängen, hinter denen sich die Weiber mit ihrem Schmuck aufgeilen.

Bravo, schreit Leo.

Der Landlooper hat sich beleidigt in eine Ecke verzogen. Dort sitzt er, stützt den Kopf in die Hände.

Es geht um das Licht, sagt Vermeer. Es hinterlässt einen Eindruck. Und dies ist ganz wörtlich zu nehmen – es hinterlässt auf Person und Gegenstand einen Eindruck. Wie eine handelnde Instanz greift das Licht in die Oberflächen hinein, es modelliert Personen, presst Gegenstände in ihre Form, es gibt den Räumen ihre Gestalt und den Körpern darin eine zweite Haut.

Das klingt gut, sehr gut sogar, sagt Andy. Trotzdem sind Gegenstände und Figuren auf Ihren Bildern makellos. Keine Beule ist zu sehen, kein Riss, kein wirklicher Eindruck, wie er etwa zustande kommt, wenn man mit der Faust auf die Leinwand schlägt.

Was redet Ihr, antwortet Vermeer. Meint Ihr denn, man müsse restlos alles zeigen? Den Schein muss man zeigen, das Licht muss aber trotzdem Farbe sein.

Soso, säuselt Leo.

Wie überhaupt das Bild als solches ein ungleiches Verhältnis von Zeit, Aufwand und Ergebnis aufweisen kann, mischt sich der Landlooper wieder ein.

Der schon wieder, sagt Vermeer und winkt ab.

Die Zeit, zum Beispiel, sagt der Landlooper – sprechen wir über die Zeit, die zum Malen eines Bildes benötigt wird.

Es dauert so lange, bis es fertig ist, ruft Andy dazwischen.
Drei Wochen, fährt der Landlooper fort, drei Monate, weiß der Himmel, wie lange sich das hinzieht. Allein fünf Tage hat der Alte gebraucht, bis er mein Gesicht so weit hatte, dass ich etwas sehen konnte. Man wird verrückt vor Ungeduld. Erst ist es ein Strich, nichts von Bedeutung, meint man, dann Farbe, dann wird es weggewischt, dann noch einmal Farbe, es wird heller, und die Farbe sagt: Du bist gemeint, es ist für dich, ein Auge.
I like this guy, sagt Andy und macht ein Foto vom Landlooper.
Dann sagt der Alte: Mach das Auge endlich auf. Man weiß nicht wie. Also macht er weiter, malt einfach weiter, man blinzelt, es ist zu hell da draußen, zu viel Farbe. Der Alte lacht und mit einem weiteren Strich bringt er den Sachverhalt, das Sehen, auf den Punkt. Meint er.
Fünf Tage, ruft Vermeer dazwischen, da kann ich ja nur lachen. Mit fünf Tagen gebe ich mich nicht zufrieden. Ich rechne in Monaten, ich bin doch kein Stümper. Hieronymus in Ehren, aber da kann er nicht mithalten. Beim letzten Bild habe ich allein für das Spiel des Lichtes auf der Wand vier Monate gebraucht, da könnt ihr euch aber mal die Maße holen. Da staunt ihr, was?
Licht-Bilder dieser Art, sagt Leo, wischt Andy in fünf bis zehn Minuten mit dem Spachtel hin.
So sehen sie dann auch aus, sagt Vermeer. Oberflächliches Farbgeschliere ist das, kein Zauber und kein bisschen Magie, keine Abstrahlung zwischen den Dingen, da knistert nichts im Malgewebe. Wild-

west-Malerei aus der Hüfte, Schnellschüsse, Rasereien bei geschlossenem Verdeck, wo es doch vielmehr darauf ankommt, in der offenen Kutsche die Farbzusammenhänge gemächlich Revue passieren zu lassen.
Genau, sagt der Landlooper.
Du bist jetzt mal ganz still, fährt Vermeer den Landlooper an, sonst kannst du draußen weiterpredigen.
Zeit ist Geld, ereifert sich Leo. Es ist doch egal, wie lange es dauert, bis ein Bild fertig ist, Hauptsache, es verkauft sich schnell und teuer.
Wenn Ihr nur an das denkt, meint Vermeer, muss ich Euch bedauern. Bildvorstellungen und Gemäldeäußerungen müssen ohne die Ökonomie auskommen.

Ein weiterer Gast kommt herein, und ohne Umschweife spricht er von den landschaftlichen Schönheiten des kastilischen Hochlandes.
Ich bin Al, sagt er. Manche schreiben es auch mit E. Diese Landschaft, aus der ich komme, vor allem aber die Gegend um Toledo, sagt er, reizt zum Reisen. Wenn du ein Pferd hast, sind alle Wege frei und vielerlei Abenteuer liegen vor dir. Die Landschaft ist dramatisch und die Sonnenuntergänge sind feierlich. Und zwar direkt und ohne Umwege sind sie dort feierlich. Der Wind streicht über die Mancha, die Röcke der Frauen reichen bis zu den Knöcheln.
Wer ist das denn, will Leo wissen.
Keine Ahnung, sagt Andy und streicht sich die Haare hinter die Ohren.
Hat er nicht gerade von Frauen gesprochen, fragt Leo und wendet sich erneut an Andy, der kurz mit

dem Kopf nickt und an seiner Krawatte herumnestelt.
Ein Spanier in Delft, gibt Vermeer zu bedenken. Das schmeckt mir überhaupt nicht. Soll hier etwa geplündert, gebrandschatzt und gepredigt werden?
Mitnichten, mitnichten, wehrt Al ab, wo denkt Ihr hin? Er sei vielmehr als friedfertiger Sommerfrischler hier, klärt er die Zuhörenden auf. Am Meer wolle er sich ergötzen, vielleicht ein wenig skizzieren und ansonsten den lieben Gott einen guten Mann sein lassen.
Besonders als Maler, spricht er weiter, kommt man im spanischen Hochland nicht umhin, über die Besonderheiten der Gegend nachzudenken. Toledo, zum Beispiel, kennt Ihr Toledo? Eine wunderbare Stadt. Die Luft ist klar und rein, der Kopf wird leer, erstaunlich schnell sogar, und ein solcher Aufenthalt ist sogar der Gesundheit nicht abträglich.
Und außerdem, sagt er dann, nachdem Andy und Leo mit einem unverhohlenen Misstrauen zur Kenntnis genommen haben, dass Al offenbar Maler ist, ein Künstler, noch einer, müsse er erst einmal etwas trinken. Schnaps, sagt er. Für jedes Auge einen. Zwei Gläser also. Dann will er wissen, wo das nächste Bordell ist. Vermeer bringt die Gläser an den Tisch und setzt sich. Wie ein Wirt setzt er sich an den Tisch. Die Beine gespreizt, den Oberkörper nach vorne gebeugt, die Unterarme auf den Oberschenkeln, das Gesäß angespannt, denn er hockt am äußersten Ende der Holzbank, mit der linken Hand fährt er sich durchs Gesicht, während die Finger der rechten unter dem Tisch die leeren Gläser zusammenzählen. Al trinkt. Der Landlooper legt sich auf

die Eckbank. Al mustert Andy und Leo, die an einem anderen Tisch sitzen, aus den Augenwinkeln. Keiner sagt etwas. Der Landlooper meint das Schlagen einer Turmuhr zu hören, aber vielleicht sind es doch Geräusche aus der Küche. Andy ist blass. Leos Gesicht ist etwas rötlich. Vermeer betrachtet die beiden, wird aber auch nicht schlau aus ihnen. Eigenartige Gestalten, denkt er. Wo die wohl herkommen? Und wie die aussehen. Allein ihre Kleider, denkt er. Oder die Brillen, mit denen sie alles falsch sehen.

An der Wand hängt ein Bild. Darauf ist eine Frau zu sehen mit einer Perlenkette. Im Spiegel will sie sehen, wie ihr die Kette steht. Aber der Spiegel hängt zu hoch. Sie hält die Bänder, mit denen sie zum Verschließen der Kette eine Schlaufe binden wird, in den Händen, lächelt und schaut in den Spiegel. Vielleicht stellt sie sich aber nur vor, wie sie mit der Perlenkette aussieht und dass sie sich im Spiegel betrachtet. Oder sie erinnert sich daran, wie sie sich einmal mit der Perlenkette im Spiegel gesehen hat, in einem anderen Zimmer, in einem anderen Haus, vielleicht war es auch in einem anderen Land. Dort hing der Spiegel nicht so hoch oder sie stand auf einem Schemel. Denn sie betrachtet nur den Glanz ihrer Augen, den die Kostbarkeit da hinaufträgt. Sie steht vor einem Tisch. Auf dessen Oberfläche tanzt das zum Fenster hereinströmende Licht. Eine Puderquaste liegt dort. Und ein Zettel. Aber wahrscheinlich ist die Frau blind. Sie ist es nicht von Geburt an. Sie erinnert sich an ihr junges Gesicht, wie es im Spiegel aussah. Auf der Wand leuchtet es so hell und voller Licht, dass es in den Augen brennt. Sie bemerkt es nicht, sonst müsste sie andauernd dort hinschauen und sich fragen, warum es heute so hell zum Fenster hereinkommt. Und es würde ihr auffallen, wenn sie es sehen könnte, dass die Wand auf einmal die Unendlichkeit geworden ist, eine hell gleißende Unendlichkeit. Sie müsste sich fragen, wann es je so hell war. Und sie würde sich bestimmt über den schwarzen Haufen Stoff wundern, mit dem sonst das Fenster zugehängt ist. Wer hat das abgehängt, müsste sie sich fragen. Wer kommt in das Zimmer, in ihr Zimmer, und hängt

den Stoff ab, der das Zimmer dunkel macht? Aber ich war doch die ganze Zeit hier, denkt sie. Ich hätte es doch bemerken müssen, wenn jemand hereingekommen wäre. Die Magd ist nicht da, denkt sie. Sie kann es nicht gewesen sein. Der Mann auch nicht. Er kommt schon lange nicht mehr in das Zimmer. Er sitzt über seinen Büchern und rechnet. Von früh bis spät rechnet er, wenn er nicht in Geschäften unterwegs ist. Jetzt liegt der Stoff wie ein dunkler Berg auf dem Tisch und wirft Falten. Dort ist es dunkel wie in ihren Augen, aber auf der Wand ist es so hell wie in ihrer Erinnerung.
Bald wird das Kind kommen, denkt sie. Nur ein paar Wochen sind es noch. Ich kann es spüren. Es bewegt sich in meinem Bauch.
Ihr Liebhaber hat die Worte auf dem Zettel geschrieben. Sie kann sie nicht lesen, und er wollte ihr doch nur eine Nachricht zukommen lassen, weil sie so lange weg war. Vielleicht hat er vergessen, dass sie seine Worte nicht lesen kann. Ihre Arme sind zart. Sie trägt ein kostbares Kleid, mit Hermelin daran. Es ist ein schwerer Stoff, der sie nach unten zieht, auf die Erde. Oder auf den Boden des Zimmers.
Er, der Mann, schenkt ihr schwere Stoffe. Aus seinem Lager unten am Kanal lässt er sie herschleppen, dass es sie damit auf die Erde zieht, dass sie eine Haftung hat, einen Boden, dass ein schwerer Stoff aus seinen unermesslich großen und kostbaren Lagerbeständen ihren zarten Körper wie eine Last umfängt.
Unten am Kanal, denkt sie. Am Kanal. Dort kommen und gehen die Schiffe, denkt sie. Ihr Liebhaber schreibt ihr Briefe. Die Amme muss sie ihr vorlesen.

Wenn sie das Kind stillt, muss sie ihr die Briefe vorlesen.
Der Pelz des Kleides gibt ihr eine Wärme, eine Winterwärme, die sie jetzt nicht mehr braucht, weil es Sommer geworden ist. Sie ist eine Fremde. Sie sieht so aus, als käme sie aus einer anderen Gegend. Dort war das Licht wie auf der Wand. Flimmernd und durchsichtig bis zum Äußersten. Wo sie herkommt, sind die Gegenstände in den Zimmern, die Möbel, sogar die Tücher zum Verhängen der Fenster, nicht so schwer wie hier, die Spiegel hängen nicht so hoch, weil sie in dieser Gegend, denkt sie, ohne Gewicht sind, so leicht wie die Luft selber, wie die Wände dort auch leichter sind und ihr nicht die Luft zum Atmen nehmen.
Ist jemand in das Zimmer gekommen? Ein Wind weht herein. Durch das Fenster. Als wäre das Zimmer auf einmal ein schwebender Zustand. Die Perlen sind kühl, sagt sie. Wenn der Wind kommt, sind sie sogar wie Eis. Du schaust mich an. Du betrachtest mich. Ich gefalle dir. Du bist in das Zimmer gekommen. Du hast den Zettel gesehen und die Puderquaste. Du sprichst von meinen Augen. Sogar die Zartheit meiner Arme hast du bemerkt. Deine Hände haben den schwarzen Stoff berührt, den Vorhang, den jemand vom Fenster genommen hat. Du sprichst mit mir. Ich sei eine Fremde, hast du gesagt. Ich gehe durch die Zimmer dieses Hauses. Vor dem Spiegel bleibe ich stehen. Ich stelle mir vor, wie ich mich betrachte. Ich wollte etwas sagen, aber das Licht war so hell, dass es nicht ging. Deswegen muss ich lächeln, weil ich die Helligkeit des Lichtes spüre. Ich wollte sagen, dass die Perlen über meine Finger

gleiten, als wären es Tropfen, durch die das Licht strömt wie ein Körper, wie der Körper meines Geliebten. Wie die Luft, um die sich das Licht schließt.

Frauen, sagt Leo und feuchtet sich die Lippen an.
Sie hat eine rote Schleife im Haar, sagt der Landlooper.
Die Schleife ist nicht rot, sondern orange, sagt Vermeer.
Die Haarschleife, sagt Al, ist ein besonders schöner Kopfputz und Vermeer ist also ihr Prophet.
Kopfputz, sagt Andy abschätzig, Schleifen und Bänder, was ist das schon? Ich liebe Schiffe mit vollen Segeln auf Frauenköpfen, Gärten mit künstlichen Blumen, die Haare hochgetürmt, bildhaft angelegt, komponiert sogar, wie vor zwei-, dreihundert Jahren. Monatelang blieb das so. Puder und Pomade hielten das alles zusammen, diese ganze Pracht.
Sie hat rote Haare, sagt Al. Wenn sie dunkle Haare hätte, wäre sie bestimmt eine Spanierin, und ich könnte mich glatt in sie verlieben.
Ein heller Teint, gibt Vermeer zu bedenken, würde nicht zu einer Spanierin passen. Wenn sie schwarze Haare hätte, müsste sie ein anderes Kleid dazu tragen, was dann nicht mehr mit der Helligkeit der Wand überstimmen würde und so weiter. Eure Vorschläge sind deswegen vollkommen unangebracht, zudem sind sie in keiner Weise malerisch. Meine Kompositionen sind nämlich in sich stimmig – vor-

ne dunkel, hinten hell und das Licht kommt zum Fenster herein. Es ist ganz einfach.
Leo bittet Vermeer, den Satz noch einmal zu wiederholen, weil er ihn notieren möchte. Andy streicht die Haare nach hinten, rückt sich die Brille zurecht und nippt am Tee. Vermeer bindet sich den Turban. Al schaut zu.

Heute scheinen sich die Gestirne schneller als sonst zu drehen, sagt die Frau. Denn der Mond, nicht wahr, steigt viel zu rasch über den Feldern auf. Die Perlen in meinen Händen sind Monde. Aneinander gereihte Monde, Himmelskristalle. Nachtsamen, aus denen das Licht fällt. Ein Mantel aus durchsichtigem Gewebe, ein Flügelmantel, ein Umhang aus pulsierender Farbe. Es ist Farbe, nicht wahr? Sag, dass es Farbe ist – du willst die Farbe berühren, aber du greifst daneben, in die Luft greifst du und verbrennst dich. Du willst mir etwas sagen, aber das Licht lässt dich an deinen eigenen Worten vorbeitaumeln. Gib mir deine Hand. Die Hand weiß, dass deine Augen sehen können. Deine Hand spricht mit deinen Augen, aber du meinst, du würdest meine Hand in deiner spüren.

Die Schleife im Haar der Frau, sagt Vermeer, ergibt sich als Farbwert aus dem strengen Klang der Mischungen.
Unsinn, sagt Al. Als wenn das Gemalte bloß eine Ausklügelei im Farblichen wäre. Palettenabstufungen, definiert womöglich noch aufgrund aufwändiger Versuchsanordnungen, peinlich genau und säuberlich notiert. Die Farben wuchern ganz von selbst.
Einmal, mischt sich der Landlooper ein, lief der Alte zur Nachtzeit hinter dem Haus über die Felder. Er sah einen hellen Lichtschein. Feuergeruch in der Luft. Er ging den Hügel hinauf. Er sah eine brennende Scheune, hin und her laufende Menschen, hörte das Brüllen des Viehs. Das Feuer weitete sich aus. Bäume und Hecken flammten auf. Dächer stürzten ein. Er sah, wie sich die in der Luft lodernden Farben veränderten. Dass aus bräunlichen Mauern, sagte er am nächsten Morgen der Magd, dass aus dunklen Dachgiebeln und Balkenwerk solche Farbschleier werden können, dass es in der Nacht so zu leuchten vermag, dass Bäume wie Fackeln auflodern, wie rot glühende Säulen, zischende, in sich zusammenstürzende Verästelungen, und zwischen alldem ein Licht, als würde der Himmel über die Erde kommen. Dass die Wucherung der Farben im Bild, sagte er der Magd, wie ein Feuer sein muss und dass das Malen selber die Schilderung eines kolossalen Brandes ist.
Ich habe gesehen, sagt Al, wie das Aufflammen von Pulverblitzen sich in den vor Schreck und Todesangst geweiteten Augen der Verurteilten spiegelte. Dass die Farben im Wirklichen vielmehr Begleiter-

scheinungen von Ursachen und nicht das Eigentliche sind, und dass die Farben bloß Bildmittel sind, welche die Maler geschickt einsetzen, um die eigentlichen Umstände ins Licht zu rücken.
Das ist aber arg an den Haaren herbeigezogen, sagt Vermeer, und wischt den Tisch mit einem feuchten Lappen ab.
Andy ist anderer Meinung. Farben sind Farben, sagt er. Grund, Ursache und Folge in einem.
Leo ist es egal.

Du stehst ganz nah bei mir, sagt die Frau. Ich spüre deinen Atem. Die weißen Monde schrecken mich nicht mehr. Sie fließen über meine Hände, aber sie machen mir keine Angst. Mein Mann, der hohe Herr, will mich hochzerren, weil mich das Gewicht der Monde und das Gewicht des Kleides auf den Boden drückt, in die Erde hinein drückt es mich, ich versinke, aber ich lächele. Ich habe immer gelächelt. Immer muss ich lächeln, wenn ich, die Monde in meinen Händen, vor dem Spiegel stehe und die Bewegung der Gestirne durch meinen Körper fährt. Die kristallenen Monde lassen meine Beine zittern, die Augen brennen, die Amme ist nicht da, niemand liest mir vor, was auf dem Zettel steht. Hochzerren will er mich, an den Armen will er mich nach oben reißen, wach endlich auf, ruft er, aber ich bleibe bei den kristallenen Monden. Er sitzt nur über den Büchern oder ist in seinen Lagern am Kanal, wo die kostbaren Tuche liegen. Wie Leichname liegen sie dort, seine Stoffe und die kostbaren Tuche sind übereinander gestapelte Tote. Ich sage es ihm, aber er lacht nur und reißt an meinen Armen. Meine Arme sind zart. Das Kleid ist so schwer, aber ich muss lächeln. Hochzerren will er mich.

Al fährt mit dem Finger auf der Tischplatte herum. Leo zieht die Augenbrauen hoch und kneift die Mundwinkel zusammen. Andy ist müde. Vermeer schreibt das Menü für den nächsten Tag auf eine Schiefertafel. Die Kreide verursacht ein kratzendes Geräusch. Andy zuckt zusammen. Der Landlooper streicht über das Katzenfell, bis es knistert.

Sie sagt: Bündel von Licht flattern durch meinen Körper. Oder ist es der Atem von Tieren, die es hier nicht gibt? Der Atem von Tieren, die nachts in meinen Garten kamen. Sie beugten sich über die Quellen und erfrischten sich. Erst glühten sie, das Wasser kühlte sie ab, dann wurden sie still. Ich lief zu ihnen. In meinem Garten war ein Scharren, weil die Lichtbündel die Luft spröde und rissig machten, der Boden war rauh, die Gräser verdorrt. Aber plötzlich war da eine Dunkelheit, ein Dröhnen in den Schläfen und in den Augen, bis alles leer war. Es kam mir so vor, als werden die Tiere in meinem Garten lachen, ein Lachen wie von Hyänen, die mich gleich zerreißen würden. Aber es waren doch meine Tiere, jede Nacht kamen sie dorthin und dann hörte ich sie lachen. Ich sehe den Garten vor mir, als wäre ich dort, als liefe ich zu den Tieren herüber, dahinter die Hügel, grüne Hügel bis zum Horizont, dann die Ebene und dann das Meer. Aber es fließt an mir herunter, als wäre ich etwas Fremdes.

Eigentlich, sagt der Landlooper, geht es nur um das Licht. Von Anfang an geht es um das Licht. Es ist nicht so, dass man es erst suchen müsste. Es ist schon da. Auch als ich es noch nicht sehen konnte, war es schon da. Sonst hätte mich der Alte gar nicht malen können. Er hätte nichts von sich gewusst. Dass er selber da sei, hätte er nicht einmal gewusst. Er wäre nicht er selber, wenn es das Licht nicht schon gegeben hätte. Nichts wäre um ihn herum gewesen. Er hätte nichts gesehen und um seine Malerei wäre es schlecht bestellt gewesen. Die Magd hätte ihm kein Licht hochbringen können, weil sie nicht gewusst hätte, was das ist. Kerzen hätte es nicht gegeben. Kerzen sollen aber Licht machen. Hell soll es werden. Kerzen machen das Licht nach, heißt es, und die Malerei macht die Welt nach. Deswegen geht es um das Licht und um die Malerei. Man öffnet das Fenster und das Licht kommt herein, sagen die Leute. Das ist ebenso wenig richtig, wie wenn man sagen würde, man öffnet das Fenster und die Malerei kommt herein. Weil das Licht schon da ist und die Malerei auch. Beides, hat

der Alte gesagt, muss man pflücken. Pflücken, hat er gesagt. Man muss es wie von einem Baum oder Strauch abnehmen, als wäre es eine Frucht, man muss es in einen Korb legen, den Korb nach Hause tragen, ihn dort auf den Tisch stellen und beobachten, wie das Licht aus dem Korb herauskommt und die Malerei macht. Die Hände, hat er gesagt, müssen lernen, mit dem Licht umzugehen, damit es Malerei wird. Man muss es sogar in die Hände nehmen, es in den Händen wiegen, hin und her muss man sie bewegen, damit das Licht von einer in die andere Hand fließt. Es ist nicht so wie ein Krug oder ein Teller, der, wenn man ihn ungeschickt anfasst, herunterfällt und kaputtgeht. Es fließt hierhin und dorthin und überall, so hat es den Anschein, ist es gleichzeitig – es ist vor den Händen, es ist hinter den Händen und wenn man genau hinschaut, bemerkt man es sogar in den Händen selber. Deswegen braucht man es nicht zu suchen, weil es schon da ist, wie auch die Malerei schon da ist.
Aber man muss sie trotzdem suchen, weil die Malerei nicht das Gemalte selber ist. Man kann sie aber, wenn man genau hinschaut, schon sehen, auch wenn sie tatsächlich noch nicht gemalt ist. Der Alte schaut aus dem Fenster. Er sieht die Malerei, aber das Bild, das er schon lange malen will, ist noch nicht gemalt. Er sieht, wenn er aus dem Fenster schaut, das Licht und die Dinge, die das Licht mit ihnen macht. Er sieht die Malerei, aber noch nicht das Gemalte. Weil allein schon das Licht aus den Dingen, die er sieht, Malerei macht.
Das Licht ist wie Zucker, hat er gesagt. Der Zucker macht alles süß und angenehm für den Gaumen

und die Zunge. Überall, hat er gesagt, sind Zuckerhäufchen, süß schmeckende Anhäufungen aus Licht, die aus jedem noch so trockenen Augenplatz, aus jeder Wüstenei, eine Oase machen, woran man sich weidet, wenn es einen dürstet, weil das Wasser den Durst nicht mehr löscht. Süße Säfte und Backwerk ohnegleichen werden einem dort gegeben, die müden Knochen werden wieder frisch und kräftig, und sogar das Sehen, das Betrachten der Dinge ohne jeglichen Grund, ist auf einmal sättigend wie noch nie. Dann muss man nur noch diese Zuckerplätzchen vorsichtig mit dem Pinsel dort wegnehmen und langsam, ohne etwas unterwegs zu verlieren, in das Bild auf der Staffelei hineinsetzen. Wenn mehrere dieser feinen Häufchen schon dort sind, muss man sie, um ihnen untereinander Halt zu geben, miteinander verbinden. Der Alte seinerseits schwört auf Mohnöl. Das hält die Zuckerhäufchen frisch, hat er gesagt, das ermöglicht feine Übergänge und stiftet einen Grund.
Nicht überall sind Zuckerplätzchen. Es soll auch Gurken- und Radieschenbeete geben, mit Unkraut dazwischen. Die müssen auch sein, weil man sonst vom vielen Zuckerschlecken braune Zähne bekommt. Zu viel Süßes soll auch für die Augen nicht gut sein, hat der Alte gesagt, weil man sonst meinen würde, die Welt bestünde vornehmlich aus Oasen und Backwerk und sei bloß eine Süßspeise, ein Dessert nach schwerem Essen, eine Erfrischung nach all dem Öligen und dem vielen Fett.
Er nimmt also den Pinsel, geht an das Fenster, hält den Pinsel in die Luft, kneift das Auge zusammen – und pflückt. Vorsichtig geht er ein paar Schritte

rückwärts, achtet darauf, nicht an den Tisch oder den Stuhl zu stoßen, dreht sich langsam um, die Augen immer starr auf die Pinselspitze und seine kostbare Fracht gerichtet, den Atem dabei anhaltend, um nicht durch einen unbedachten Atemstoß ein Missgeschick zu riskieren, bis er endlich den für die Einpflanzung seiner Pinselbeute vorgesehenen Platz auf dem Gemälde erreicht und ebenso vorsichtig, die Zungenspitze zwischen den Zähnen, den Pinsel dort ablegt. Er lässt den Pinsel tatsächlich einen kurzen Augenblick da liegen, sodass jenes Gemisch aus Vorstellung und Beobachtung – und nicht zuletzt eine vor seinen Augen zusehends fester werdende Gerinnung aus Welt und Farbe – sich seinen Platz sucht und dort bleibt. Es sei denn, die Umgebung macht eine Verschiebung des gerade so mühsam Dahingebrachten notwendig, wenn etwa die Schlieren und die Übermalungen in Gesichtern, in Waldgegenden oder auch in Höllenpforten plötzlich einen Ton annehmen, dass es ihm in den Zähnen zieht, als hätte er unvermutet auf Süßzeug gebissen, obwohl er genau weiß, dass er bei den Backenzähnen unten links aufpassen muss. Dann bringt ihm die Magd wieder Nelken, die er sich zwischen die Zähne schiebt, um den Schmerz zu lindern. Dann jault und jammert er, als hätte sein letztes Stündchen geschlagen, und dabei ist es bloß eine Bildstelle, die so nicht sein soll, die er sich so nicht vorgestellt hat, die er auch so nicht, am offenen Fenster stehend und wie ein Jäger die Augen vor Kimme und Korn zusammenkneifend, gepflückt hat. Oder ist etwas passiert, als er dieses wunderbare Grün, ein frisches Blatt, vom Baum weggenommen hat? Ein Bildwind zu viel, eine Pinselumdrehung zu schnell, ein Atmen zu heftig, trotz allem zu heftig? Vielleicht ist es aber bloß eine Fliege, die schnell durch das Augenbild geflogen ist und alles durcheinander gebracht hat. Denn beim Pflücken, hat der Alte gesagt, muss alles so bleiben, wie man es beim ersten Mal gesehen hat – ein winziger Hauch genügt, eine Einmischung, nicht absehbar, aber plötzlich auftretend wie eine Sternschnuppe oder wie das scheppernde Geräusch, wenn die Magd in der Küche etwas fallen lässt, und alles ist verdorben. Dann muss er noch einmal von vorne anfangen.

Aber dann sieht er die Malerei auf einmal nicht mehr, dann wird er unruhig, läuft im Zimmer auf und ab, schließt das Fenster, um es gleich wieder zu öffnen. Dann steht er da und schaut, aber es gibt nichts mehr zu sehen, plötzlich gibt es nichts mehr zu sehen, obwohl noch alles da ist. Er reibt sich die Augen, aber er sieht nichts, rein gar nichts. Dann fallen sogar die schon herübergebrachten Zuckerstückchen in sich zusammen, bildet er sich ein. Als hätten sie sich umgedreht. Als wäre alles wie verhext und umgedreht und auf den Kopf gestellt, obwohl alles noch so wie immer ist. Es kann sogar sein, dass er alles kurz und klein schlägt oder mit dem Lappen wie wild auf dem Bild herumwischt, dass die Zuckerkörner und sogar die Gurkenblätter durcheinander fliegen wie bei starkem Westwind, wenn er von der See kommt und Salzluft herweht, dass die Zuckerkörner pelzig und mürbe werden. Dann muss er das Fenster schließen und warten, bis sich die Windverhältnisse bessern, und er, die Ruhe wieder selber, als wäre nichts gewesen, das Licht mit dem Pinsel herüberholen wird.

Inzwischen ist ein weiterer Gast in das Mechelen gekommen. Er trägt einen Anzug mit Weste, ein helles Hemd. Unter dem Arm hat er eine Aktentasche aus braunem Leder. Er setzt sich an das Kopfende des Tisches, legt die Aktentasche vor sich hin und rückt den Stuhl heran. Er räuspert sich. Bis sich Leo ebenfalls räuspert, vergeht einige Zeit. Dann öffnet der Neue die Aktentasche und holt ein Butterbrot heraus. Nachdem er das Papier entfernt hat und hineinbeißen will, sagt Vermeer, dass er den Verzehr von Mitgebrachtem in seinem Lokal nicht dulde. Wenn jeder, tadelt er den Neuen, seine eigene Wegzehrung mitbrächte, könne er den Laden hier bald schließen. Das müsse er doch einsehen. Worauf der Neue kaum merklich mit den Mundwinkeln zuckt, das Brot wieder in das Papier einschlägt und es in die Aktentasche zurücklegt. Die schiebt er zur Seite und trommelt mit den Fingern auf den Tisch. Wobei er erst den Daumen, dann den Zeigefinger, dann den Mittelfinger, danach den Ringfinger und zum Schluss den kleinen Finger auf die Tischplatte tippt.
Der Landlooper sagt, dass er beim Fingertippen ganz automatisch mit dem kleinen Finger beginnen würde, dass er in umgekehrter Reihenfolge vorgehe, und dass das Fingertrommeln, sozusagen einer natürlichen Abfolgeordnung gehorchend, mit dem kleinen Finger und nicht mit dem Daumen zu beginnen habe, wobei der Daumen in der Regel, und das habe er beobachtet, ausgelassen werde, das

heißt, also überhaupt nicht zum Einsatz komme. Leo stellt fest, dass er beim Fingertrommeln, wie der Landlooper mit dem kleinen Finger beginnend, Zeigefinger und Daumen aber auslassen würde, mit diesen den direkten Kontakt mit der Tischplatte also vermeide und sie knapp darüber ausstrecke. Andy erinnert das Fingertrommeln an die High School. Ein Umstand, der genüge, das Fingertrommeln als solches abzulehnen.

Der Neue will gleich zur Sache kommen.

Ich habe gehört, sagt er, hier handelt es sich um eine Art Kongress, eine Zusammenkunft in Sachen Malerei. Ungewöhnlich, dass an einem derart verschwiegenen Ort das Thema Malerei behandelt wird. Das Besondere an der Malerei ist der Umstand, sagt er, dass sie anschaulich ist. Man kann sie also betrachten. Man kann sie sogar betrachten, ohne sie zu mögen. Man nähert sich einem Gemälde und während man darauf zugeht, schaut man es schon an und entscheidet, ob man stehen bleiben oder weitergehen wird. Wenn man etwas betrachtet, heißt es, ist man auf der Suche nach etwas. Was man betrachtet, muss man nicht verstehen. Man darf getrost unverständig bleiben. Was man versteht, muss man nicht mehr suchen. Aber was man nicht versteht, betrachtet man immer wieder. Manchmal ist es zumindest so.

Er öffnet die Aktentasche, nimmt ein gefaltetes Papier heraus, ein Plakat, und eine Rolle Klebeband, faltet die Drucksache auseinander und befestigt sie an der Wand direkt neben dem Gemälde Vermeers.

Kommen Sie, sagt er, betrachten Sie es.

Vermeer geht in die Küche. Der Landlooper rollt

sich auf der Eckbank wie eine Katze zusammen. Leo stochert sich mit einem angespitzten Streichholz zwischen den Zähnen herum. Vermeer streckt den Kopf mit dem roten Turban zur Küchentür heraus. Keine Lust, sagt er, sodass der Neue ganz allein vor dem an die Wand geklebten Plakat steht. Er geht einen Schritt zur Seite und riecht an Vermeers Bild. Es riecht nach Farbe, sagt er. Wo es nach Farbe riecht, kann es mit der Wirklichkeit nicht so weit her sein.

So etwas kann nur einer sagen, der von der Sache nichts versteht, meint Al, lehnt sich zurück, verschränkt die Arme vor der Brust und schaut triumphierend in die Runde.

Nichts als Haarspaltereien, brummt der Landlooper von der Eckbank her. Wenn es nach Farbe riecht, liegt sogar der Fall einer noch wirklicheren Wirklichkeit vor, weil sich im Gemalten das Wirkliche potenziert.

Der Neue lacht und sagt, dass im Gemalten nur das Künstliche ist. Das Wirkliche könne es in der Malerei gar nicht geben.

Die Welt ist dort, entgegnet der Landlooper, wo das Gemalte beginnt.

Sie sagt: Jemand hat etwas an der Wand befestigt. Die anderen sollen es betrachten, aber sie tun es nicht. Eine Landschaft soll es sein, hat einer der Männer gerade gesagt. Ob es die Felder und Gärten hinter meinem Haus sind? Aber Gärten und Felder halten nicht auf Wänden, sie rutschen herunter. Ich will, dass es das Meer ist. Das Meer mit Wolken darüber soll es sein. Wenn es Frühling in meinen Gärten wird, sind weiße Blüten in den Bäumen, und manchmal treibt der Wind welche über das Meer herüber. Ich will sie mit der Hand fangen und daran riechen. Kristalle und Wassertropfen kleben daran. Hinter meinem Spiegel ist das Meer, ich weiß es. Er hat ein Papier an der Wand befestigt, und ich höre das Schlagen der Wellen. Er hat es auseinander gefaltet, er ist an mir vorbeigelaufen und hinter dem Spiegel ist jetzt das Meer. Es ist das offene Meer, aber es ist ruhig, weil sich die Wellen nur sanft hin und her bewegen. Bestimmt sind Wolken aufgezogen, weil wenig Licht über dem Wasser ist. Aber über dem Horizont ist es hell. Weit hinten gibt es eine helle Linie, die das Wasser und die Wolken trennt. Es muss so sein, weil ich mich daran erinnere.

Immer hat es solche Linien gegeben, die etwas voneinander scheiden, obwohl das Wasser in die Wolken zu fließen scheint, oder ist es umgekehrt? Manchmal spritzt sogar das Wasser gegen den Spiegel, weil das Meer direkt dahinter ist. Das Meer ist wie Blei, die Wolken sind Steine, der Horizont ist eine Linie, sie zerschneidet die Steine und das Metall. Ich höre, wie es knirscht und kreischt. Auf den Wolkenbergen liegt Schnee. Es kommt kalt in mein

Zimmer herein. Kein Vogel stürzt sich ins Wasser, um einen Fisch zu fangen, kein Boot ist in der Nähe, kein Wind treibt Blüten aus meinen Gärten herüber, weil es auf dem Meer keinen Vogel, kein Boot und und keinen Wind gibt. Hinter dem Meer und hinter den Wolken sind nur die Schatten. Und bei den Schatten ist es so still wie vor dem Spiegel in meinem Zimmer. Ich möchte lieber am Meer sein als in meinem Zimmer. Am Meer würde ich die Perlen ins Wasser werfen. Ich tue es, gleich tue ich es. Wenn ich es tue, glühen meine Wangen. Am Meer glühen meine Wangen, weil die Luft trocken ist. An diesem Meer werde ich vertrocknen, weil das Bleiwasser die Flüssigkeit aus mir heraussaugt. Dieses Meer ist gefährlich, nicht wahr? Es macht mir Angst. Der Mann soll das Meer wieder wegnehmen, ich will es hier nicht haben, nicht hier in meinem Zimmer.

Der Landlooper ist aufgestanden. Er will wissen, was das ist neben Vermeers Bild an der Wand. Der Neue sagt, dass es die Fotografie eines seiner Gemälde sei, ein Bild mit dem Titel Seestück. Das Plakat zu einer Ausstellung.
Ist es ein See oder das Meer?
Weder noch. Es ist die Fotografie eines Gemäldes.
Aber es heißt Seestück, und man sieht das Wasser und die Wolken.
Man sieht Wasser und Wolken, obwohl es nur Farben sind. Ich habe es so gemacht, dass man meinen könnte, Wasser und Wolken zu sehen.

Man kann doch ein Meer malen und die Wolken darüber. Was ist schon dabei?
Das Malen selber ist nicht schwierig. Ich kann alles malen, wenn ich es will. Das Schwierige ist vielmehr das Denken. Das Denken der Malerei.
Der Alte betet beim Malen. Wenn er nicht mehr weiterweiß, betet er.
Das kann man auch, sagt der Neue, dann kommen aber andere Bilder heraus.
Wenn der Alte das Meer gemalt hat, dann sah es ganz anders aus. Es gibt Schiffe, zum Beispiel, oder Häuser am Ufer und Menschen, der Kirchturm ist zu sehen und er hat gesagt, dass man das eine ohne das andere nicht malen könne.
Das Meer, das ich meine, sagt der Neue, betrachtet mich schon, bevor ich es überhaupt selber sehe. Ich denke an das Meer, das ich malen will, und schon bemerkt es, wie ich mir das Meer vorstelle. Auf einmal sehe ich es vor mir. Es macht mich, wenn ich es sehe, zu seinem Auge. Und später male ich, wie das Meer mich sah, als ich es sah.
Solche Sachen hat der Alte nie gesagt, meint der Landlooper. Er sprach vielmehr von der Schlechtigkeit der Menschen und wie er sich abmüht, dies in seinen Bildern zu malen, damit sie selber sehen, wie schlecht sie sind und was der Unglaube mit ihnen angerichtet hat. Die Menschen sind schlecht, also malt er es.
Das Meer, das ich meine, ist bloß eine Idee, eine Vorstellung, sagt der Neue. Denn wenn ich das Bild auf den Kopf drehe, wird aus dem Himmel das Meer.

Er nimmt das Plakat von der Wand, dreht es auf den Kopf und befestigt es wieder.
Man sieht deutlich, sagt er, dass der Himmel jetzt das Meer ist. Und wo die Wolken waren, ist jetzt die Wüste. Wenn ich das Bild noch einmal drehe, sieht man einen Wasserfall, einen in Eiseskälte erstarrten Wasserfall, wo ursprünglich einmal die Wolken waren. Und das Meer ist, von dieser Seite aus betrachtet, die versteinerte Rinde eines Baumes. Es kommt auf die Haltung des Kopfes an, auf das Beobachten und auf das Denken der Beobachtung kommt es an. Bilder müssen sich drehen wie das Denken, und das Denken muss sich drehen wie das Sehen selber, wenn es meint, wenn es selber meint, gerade etwas zu sehen, was sich im nächsten Moment schon wieder verändern könnte. Es ist das Meer und es ist es nicht. Es ist ein Baum, ein versteinerter Baum, und gleichzeitig die Wüste. Es ist die Luft und gleichzeitig das Wasser. Es sind verschiedene Formen eines Zustands. Man muss, sagt er, die Dinge so malen, als wüsste man, dass sie einen andauernd betrachten. Weil sie einen nicht ansehen, wie Menschen es tun, sondern wie Dinge.

Jetzt will ich aber Vermeers Atelier sehen, sagt Leo. Nach solch einem Vortrag steht mir der Sinn nach handfesterer Ware. Bildphilosophien dieser Art mit herumgedrehten Bildern und immer neuen Ansichten liegen mir nicht, sagt er.
Nein, sagt Vermeer, das kommt überhaupt nicht in Frage. Mit ausgebreiteten Armen stellt er sich Leo und den anderen, die plötzlich alle aufgestanden sind und neugierig die Köpfe recken, in den Weg.

Leo schiebt Vermeer entschlossen zur Seite, drückt die Tür auf und tritt ein.

Siehst du, sagt die Frau, jetzt sind sie fort und es ist endlich still. So still wie nachts, wenn alle gegangen sind, wenn er die Türen und Fenster geschlossen hat und mich niemand stört. Sie sind in das Zimmer gegangen mit den ungemalten Bildern, nicht wahr? Manchmal spricht er von den ungemalten Bildern, die es dort geben soll. Deswegen weiß ich es. Da stellt er sich die Bilder vor, die er malen wird. Da sitzt er stundenlang und oft die ganze Nacht. Dort gibt es für Zeiten, hat er mir erzählt, nur nackte Linien und sonst nichts. Keinen Tisch, keinen Stuhl und keine Taschen in der Luft für das Licht, das er so liebt. Trotzdem geht er dort einher, als wäre alles schon an seinem Platz, als würde er alles schon genau vor sich sehen. Ich höre, wie er mit sich selber spricht. Das Fleisch und die Knochen haben die Dinge noch nicht, sagt er, weil sie bloß aus Linien bestehen, die sich langsam fügen müssen. Ein öder Knochenplatz, sagt er, ist es, farblos in einer Weise, dass man meinen könnte, das Licht sei weggeschlossen worden, weil so lange außer den rohen Linien nichts entstehen will. Ich hingegen kann die Farben sehen, aus denen er alles machen wird – den samtenen Stoff, die Helligkeit des Kleides und sogar den Glanz der Perlen. Aber dort ist alles roh und wartet. Was vielleicht sein wird, wartet. Es ist ein weißer Ort voller Linien. Er schiebt sie hin und her, manchmal nimmt er an Stellen etwas weg, dann fehlt es woanders, aber es macht ihm nichts aus, wenn es plötzlich zu rutschen beginnt und durch seine Hände gleitet wie Flüssiges. Wie flüssige Fäden, ohne Geräusch, ohne das Schaben von Möbeln auf Holzböden, wenn man sie hin und her schiebt, ohne Gewicht und Schatten. Dann spricht er wieder mit den Linien, wenn er sie um Kanten und in Ecken legt, und wie er sich selber dann krümmt und mit ihnen windet, als steckten Pfeile in ihm, Pfeile, von den Linien in ihn hineingeschossen, als wären die Linien sein eigenes Fleisch. Wenn er aber die Linien festgezurrt hat, dass sie halten und sich untereinander ausbalanciert haben, dass eine Festigkeit in ihnen ist und nicht mehr nur ein Kreisen und Rotieren, wenn es ihm häuslich ist in diesem Labyrinth, müssen Figuren und Gegenstände her, weil er es vor Verlangen kaum noch aushält.

Im Atelier ist es dunkel. Vermeer öffnet das Fenster und klappt die Läden auf. In der Mitte des Raumes steht ein Gerät. Eine Bandfläche aus festem Gewebe, darunter kleine Rollen, diese auf ellbogenlang geschnittenen Brettern, all das auf einem Gestell und in Bauchnabelhöhe der dort Versammelten. Das Band beschreibt ein exaktes Kreisrund. Er macht sich an dem Gerät zu schaffen, steckt eine Kurbel in eine Welle, bringt die Kurbel in Umlauf, das Band ruckt an und schnurrt katzengleich, ein exaktes

Kreisrund beschreibend, durch den Raum. Er hört auf zu kurbeln, das Band rollt langsam aus und bleibt stehen. Aus einer Schachtel nimmt er eine Figur heraus, dreht sie in den Händen hin und her, bläst Staub weg, putzt mit dem Ärmel darüber und stellt sie auf das Band.
Das ist doch die Frau mit der Perlenkette, sagt Leo, die auf dem Bild.
Vermeer holt einen Leuchter, steckt Kerzen in die Halterungen, stellt ihn in die dunkelste Ecke des Raumes, gleichwohl ganz nah an das Förderband, zündet die Kerzen an und bittet alle, vorsichtig unter dem Förderband hindurchzukriechen, sich innerhalb des Kreisrunds in der Nähe des Leuchters hinzustellen. Er betätigt erneut die Kurbel, die Figur fährt ins Licht des Kerzenscheins, wo Vermeer sie stehenlässt.

Sie lächelt. Sie hebt die Arme und bindet die Fäden der Kette zu einer Schlaufe.
Ein Gleiten ist in den Perlenmonden, nicht wahr, flüstert sie. Das Schaben der Gegenstände höre ich, wie sie aneinander vorbeirutschen, als gäbe es kein Halten mehr. Du hörst es doch auch, nicht wahr?
Ein Dahinziehen hört sie, eine Bewegung, weil die Linien selber wie das Netz einer Spinne den Raum durchkreuzen. Und überall, denkt sie, sind Fäden. Und ein Fingerabdruck vom Wegnehmen und vom Wiederhinstellen, vom Wegnehmen und erneut Befestigen. Sie hört die Kurbel, wie sie sich dreht, sie

spürt das Anruckeln des Bandes und spürt eine Helligkeit, weit hinten spürt sie eine Helligkeit, zu der es sie ohne ihr Zutun hinzieht.
Ich bewege mich nach oben, sagt sie, die Abhänge in meinen Gärten hinauf, oder ist es ein Ziehen nach vorne, über die Felder? Viel weiter noch, ich weiß es, sagt sie, zieht es mich, weit hinter die Spiegel, sogar noch hinter das Meer, wo meine Monde wie Feuer in der Nacht leuchten.

Hieronymus sagt: Die Nacht war schrecklich. Ich konnte nicht schlafen, wälzte mich hin und her, jetzt bin ich ausgelaugt und wie zerschlagen. Es ist das Alter. Bestimmt ist es das Alter, das mir den Schlaf nimmt und die Ruhe. Die Nächte sind ein langes Elend. Eine Ewigkeit dauert es, bis das erste Licht hereinkommt. Die Magd streicht über sein Gesicht. Warum tut sie das, denkt er, wo sie mir sonst aus dem Weg geht? Schon lange hat sie das nicht mehr getan. Vor Jahren konnte sie nicht genug von mir kriegen. Schon in der Früh schmiegte sie sich an mich wie eine Katze.
Er steht auf und öffnet das Fenster. Die frische Luft tut ihm gut. Er atmet tief ein. Gleich wird er den Hund übermalen, der hinter dem Landlooper herknurrt und einen Buckel macht. Der Hund ist viel zu groß, denkt er, und jetzt, wo keine Figur mehr da ist, weil sie sich auf und davon gemacht hat, gibt es da auch nicht mehr so viel zu knurren. Die Umrisse wird er allerdings stehen lassen, damit es so aussieht, als wäre hinter dem Hund noch ein anderer. Eine Schrumpfung, denkt er, eine Verkleinerung. Was nicht mehr benötigt wird, kann man getrost kleiner malen, damit es sich nicht in den Vordergrund drängt, wo es nicht mehr hingehört, weil sich etwas verändert hat. Er hört, wie die Magd den Hof fegt. Ein gleichmäßiges Scharren und Schleifen der Borsten über einen trockenen Boden, ausdauernd, als würde eine immer wiederkehrende Räderdrehung dort unten auf ihn warten, lauernd und unerbittlich. Was ist mit mir, denkt er.
Er schließt das Fenster. Er holt ein Blatt Papier und einen Stift aus der Schublade. Mit drei, vier Strichen,

wobei er den Stift immer wieder kurz absetzt, zieht er eine Linie. Von oben nach unten. Es kommt von oben, sagt er, und geht nach unten. Es beginnt. Es hört auf. Daneben zeichnet er Kreise, einen über dem anderen. Lässt sie langsam in die Höhe wachsen, bis sie oben an der Kante des Blattes ankommen. Wo er begonnen hat, die Linie zu ziehen. Knöpfe, denkt er. Knöpfe sind es. Und der Saum des Kittels. Auf dem Blatt sind ebenso viele Knöpfe wie an seinem Kittel. Sieben kreisrunde Knöpfe. Seine Finger folgen dem Kittelsaum. Bis sie oben sind, wo der Hals ist. Die Haut fühlt sich faltig an und lose, als wäre sie falsch dort und ohne eine wirkliche Verbindung mit seinem Körper. Wie überhaupt der Hals, denkt er, eine eigenartige Röhre ist. Aus dem Kopf wächst sie heraus wie ein Verbindungsgang, wie eine Schleuse. Vielleicht ist der Hals aber auch aus der Brust in die Höhe gewachsen, wer weiß? Die Haut wie altes Pergament. Die Lippen und das Kinn wie von einem Druck, von oben ausgehend, direkt aus dem Hirn kommend, in die Breite gepresst. Schmale Lippen, denkt er, wie von einer säuerlichen Flüssigkeit in die Länge gezogen, die, vom Magen heraufstößt und tiefe Furchen im Gesicht hinterlässt. Der Stift gleitet über das Papier. Punkte, Striche, Schraffuren. Furchungen bis auf die Knochen, denkt er. Und nur weiter oben, wo er die Augen hinzeichnen wird, hat es den Anschein, als wäre er es selber. Ein Auge schaut ihn an. Sieht, wie er jetzt ist, während das andere, das linke, beobachtet, wie die Magd zur Kammer hinausgeht. Das Zeichnen, sagt er, denkt im Voraus, es weiß schon Bescheid.

Es sind doch nur kleine Szenen, wie auf einer Theaterbühne, sagt Vermeer. Und nicht, dass Ihr im Übrigen meint, die Herstellung eines solchen Mechanismus und das Schnitzen der Figuren und der kleinen Gegenstände wären aus reinem Zeitvertreib oder aus der Unbezähmbarkeit meines Spieltriebs heraus entstanden. Farben brauchen Licht zum Atmen. Ich beobachte, wie das Licht die Figur verändert, wie ihr Ausdruck wechselt und wie sich das pulsierende Gewicht der Farben in ihr wandelt. Es gibt viele Möglichkeiten, die Figur zu malen. Aber nur eine eignet sich wirklich zum Malen, weil aus allen anderen die Malerei nicht entsteht. Das Förderband zeigt mir die allmähliche Entstehung der Figur, wie mit sich veränderndem Lichteinfall der Übergang vom Geschnitzten ins Lebendige stattfindet. Dass das Holz auf einmal eine Haut hat. Dass die Haut auf einmal atmet.

Er spricht von mir, sagt die Frau, nicht wahr? Am Klang seiner Stimme erkenne ich, dass er von mir spricht. Obwohl er mich selber gar nicht meint, sondern nur das Licht. Dabei hat er schon viele Nächte lang mit mir gesprochen. Wie ein Fluss ist es aus ihm herausgekommen. Ich bin sicher, er ist verliebt in mich. Oder er war es. Wenn die Männer gegangen waren und es still war im Schankraum, kam er zu mir. Er setzte sich und schaute mich an. Manchmal sagte er stundenlang kein Wort. Aber es

ist kein Trost, wenn er nur dasitzt. Früher ging er mit mir zur Nachtzeit spazieren. Er nahm mich mit. Überallhin hat er mich mitgenommen. Und dann hat er gesprochen und mir alles erzählt und ich konnte es sehen. Einmal sah ich vom Weg aus in ein Zimmer hinein. Es war hell dort, und ich sah eine Frau. Sie saß auf einem Sofa mit einer Handarbeit. Sie klöppelte. Sie schaute auf ihre Arbeit. Ganz ruhig und in sich versunken saß sie da. Ihre Hände erledigten das Nötige. Sie sah die Nadeln auf dem blauen Tuch. Sie betrachtete, was sie gemacht hatte. Sie hatte hellbraune Haare und trug ein gelbes Kleid mit einem weißen Kragen.
Ich dachte: Auf ihrem Kragen sitzt ein schwarzer Schatten. Ihre Hände sind kräftig. Eine Haarlocke sieht aus wie der Flügel eines Vogels. Gleich schließt sie die Augen. Einen kurzen Moment nur will sie ausruhen. Sie hört ihr Herz schlagen. Sie spürt die Kühle des blauen Tuches unter ihren Händen. Sie hat diese Arbeit schon viele Male getan. Sie hält die Hände still. Wenn es den Händen nach ginge, würde sie weiter Faden um Faden ziehen. Sie lehnt den Kopf an den schwarzen Schatten auf dem weißen Kragen. Ich dachte: Sie träumt sich selbst. Sie träumt sich als ein Wandern zwischen farbigen Mustern auf einem blauen Tuch.
Ich dachte: Immer noch schaut sie auf das Geviert der aufgesteckten Nadeln. Sie sieht das helle Licht nicht, das zum Fenster hereinkommt. Sie sieht die Wände nicht, auf denen das Licht tanzt. Aber sie hört jemanden am Haus vorbeilaufen. Sie zählt die Schritte, bis nichts mehr zu hören ist. Was sie für ihre Arbeit braucht, liegt vor ihr auf dem Tisch. Da

ist das Haus und davor der Garten. Die steif gefrorene Wäsche auf der Leine. Das Schlagen der Turmuhr und die endlose Reihe der Stunden und zur Nacht der Ruf des Käuzchens. Dann wird es Tote geben, heißt es. Das Jahr geht vorbei. Der Frost kann ihr nichts anhaben. Ebenso wenig die Hitze im Sommer oder die Nebel im Herbst. Die Ärmel des Kleides hat sie hochgeschoben. Sie sollen ihr bei der Arbeit nicht im Weg sein. Ob es ihr etwas ausmacht, immer nur das gleiche Kleid, das gelbe Kleid mit dem weißen Kragen, zu tragen? Die Lippen spannt sie ein wenig an, weil das Muster auf dem blauen Tuch ihre Aufmerksamkeit fordert. Es stecken tote Wespen auf den Klöppelnadeln, könnte man meinen. Rosen und Margeriten ranken sich um das Efeu. Gräser dazwischen und das Blatt eines Baumes.

Die Schwester ist reich, denkt sie. Sie muss nicht arbeiten, weil der Mann Geld hat. Sie wohnen in einem großen Haus. Unten am Kanal. Wo er seine Lager hat. In dem Haus hängen Spiegel, worin sie sich betrachtet. Die Klöppelei wird erst im nächsten Winter fertig sein, denkt sie. So lange noch, denkt sie. Das Sitzen macht sie müde. Sie sinkt in einen Schlaf, obwohl sie wach ist. Sie erinnert sich, dass er ihr gesagt hat, sie müsse lange still sitzen. Wenn ich das Bild male, musst du still sitzen und auf keinen Fall darfst du dich bewegen, hat er gesagt. Ich muss vergessen, sagt sie sich, dass er da ist, dass er im Zimmer ist und mich malt.

Sei endlich still, sagt Vermeer. Es geht nur, wenn du still bist und dich nicht bewegst.
Sie schaut auf. Den Boden muss ich noch aufwischen, denkt sie. Ich muss das Fenster schließen, damit es nicht schlägt, wenn der Wind kommt.
Bleib sitzen, sagt er. Du kannst jetzt nicht aufstehen. Du musst noch warten.
Stunde um Stunde, denkt sie, lässt er mich so sitzen, weil er es so will. Ob es Tag ist oder Nacht, ist ihm gleich. Er sieht müde aus. Zum Sprechen ist er zu müde, aber er malt trotzdem weiter. Der Wind wird stärker, das Fenster schlägt, aber er hört es nicht. Er schaut mich an, ganz starr sind seine Augen, als würde er hinter mir eine andere sehen oder das Meer. Das Meer macht ihn unruhig, für einen Moment ist er dort, er spürt den Wind im Gesicht, er schreckt auf.
Sie muss niesen. Sie hält die Hand vor den Mund und unterdrückt das Geräusch, indem sie es verschluckt.
Jetzt hat sie auch noch Schnupfen, denkt er. Wenn sie sich dauernd bewegt, kann ich nicht in Ruhe malen. Dann muss mir die Magd wieder Modell sitzen. Aber die Frau sagt, ich soll die Magd nicht mehr malen, weil sie mir schöne Augen macht.

Andy und Leo stehen nebeneinander. Und Al steht neben dem Landlooper. Die beiden Gruppen trennt nur ein unwesentlicher Abstand, der in Handbreiten zu messen wäre.
Bilder, sagt Gerhard auf einmal, der Neue, sind scharf geschliffene Sägeblätter. Zwei Hände umfassen die hölzernen Holme und ziehen das Blatt hin und her. Es fliegen Späne. Man hört, wie sich die Säge durch das Holz frisst. Manche Bilder sind von Anfang an schon Windbruch, abgebrochene Stecken. Hier muss die Säge bloß dem Stumpf noch den Garaus machen. Andererseits sind wirkliche Bilder in gewisser Hinsicht mit dem scharfen Sägeblatt herausgetrennte Hirnschnitte. Erst raspelt man an den Rändern des Sichtbaren herum, rundet Kanten ab und nimmt manchen Eckstücken die naturgegebene Tiefe. Man ist unentschlossen und wagt nichts, weil die Augen viel zu sehr am Sichtbaren hängen. Erst wenn die Wut kommt, weil das Sichtbare nicht gehen will, weil es sogar mit geschlossenen Augen da ist, kommen die wirklichen Eingriffe, die Risse und Schnitte, in denen die Bilder verborgen sind. Und von den Rändern her frisst sich die Säge wie in einem Dschungel durch das Unterholz, bis die dicken Stämme wie Kathedralen vor dir stehen. Man setzt die Säge an, rutscht ab, setzt erneut an, indem das Blatt in kurzen Zügen einen Einschnitt nach dem anderen vornimmt, worauf, mit schnelleren Bewegungen dann, erst ein feiner Ritz, kaum dicker als ein Bleistiftstrich, entsteht, dann eine Linienbündelung, bis ein wirklicher Schnitt zustande kommt, bis eine Absicht deutlich wird, auch wenn die Arme und der Rücken schmerzen, aber es muss sein. Und

allmählich sickern das Meereswasser oder die Wolken oder die versteinerten Baumrinden heraus, das Wasser bewegt sich, die Wolken ziehen über einen hinweg und man spürt den rauen Rindenstein an den Händen, als wäre es immer schon so gewesen.

Hieronymus, sagt der Landlooper, braucht weder Sägen noch Förderbänder beim Malen. Er hat es einfach alles in seinem Kopf.

Und eigentlich, sagt Vermeer, drehte es sich bei dem Bild nur um ein paar rote Fäden. Ein paar lächerliche rote Fäden, die sie zum Klöppeln brauchte. Sie lagen auf dem blauen Kissen mit den weißen Streifen. Und außerdem war ein seltsames Licht in diesem Bild. Es beunruhigte mich. Es war nicht das Sonnenlicht, wie ich es kannte. Es war stumpf und von einer Kälte, als wären blanke Knochen durch das Bild geflogen, rau und spröde wie ein Liniengeflecht, das nur zufällig oder aus purer Gewohnheit mit Farben gefüllt worden war. Etwas war herübergekommen, hatte sich dort eingenistet, etwas war in den Kissen und sogar in den Wänden, etwas war im Bild, das mich beunruhigte.
Manchmal, sagt Gerhard, spült das Meer etwas an den Strand. Strandgut. Alte Schuhe, Kanister, Treibholz und manchmal nur ein paar rote Fäden. Irgendwo vom Schiff gefallen oder von einer Insel weggespült. Man entfernt den Sand, kratzt den Befall von Algen weg, nimmt es mit, legt es irgendwohin und vergisst es. Plötzlich fängt es an zu leuchten, es pulsiert, als würde es leben und wäre ein Teil eines Ganzen, das anderswo, von einer Säge zerteilt

und zerstückelt wurde. Du fügst es neu zusammen, obwohl du aber nur einen Teil hast. Die anderen Teile denkst du dir als Nester aus Pigmenten, als das Gemalte hinter den Schnitten. Das Gemalte und auch das, was noch gemalt werden wird, geistert herum, fliegt durch das Weltall und schickt Funksprüche auf die Erde.

Die Spitzenklöpplerin öffnet die Augen. Wenn ich jünger wäre, denkt sie, würde mir der Mann vielleicht auch Perlen schenken. Wie meine Schwester würde ich dann auch vor den Spiegeln stehen und mich betrachten. Ich würde mir gefallen. Die anderen Frauen würden denken, jetzt ist der Maler reich geworden, jetzt schenkt er seiner Frau kostbare Perlen und sie macht Staat damit. Aber der Mann hat kein Geld für solch ein kostbares Geschenk. Im Frühjahr, stellt sie sich vor, blüht der Pflaumenbaum. Unter den Blüten werde ich stehen und von kostbaren Perlen träumen. Und dann blüht die Pfingstrose. Wie eine Perle werde ich sie pflücken. Die jungen Katzen aber, die um diese Zeit geboren werden, wird der Mann wieder ersäufen. Weil er im Wirtshaus keine Katzen haben will.

Kuriose Übermalungen, sagt Andy und stößt Leo mit dem Ellbogen an.
Wer keine Katzen mag, kann kein guter Mensch sein, sagt Leo.
Der Landlooper deutet auf die roten Fäden, die auf dem Kissen liegen.
Natürlich, sagt Gerhard. Es sind die Fäden. Die Unruhe kommt aus diesen Fäden. Als wären es pulsierende Drähte, von einem Strom durchflossen, dass sie emporzüngeln und wie zuckend in die weichen Stoffe und Bordüren einbrechen, als wollten sie das stille Geviert der Nadeln für immer zerreißen. Wie eine unsichtbare Welle dringen ein Saugen und ein Ziehen in den Ruheraum des Bildes ein, als wären die Farben schon ins Fließen gekommen. Und das Saugen und das Ziehen sind schon in die Spitzenklöpplerin eingedrungen, in ihrem Gesicht und auf den Armen ist das Farbenfließen schon zu sehen. Und während sie, wie von einem Schlaf fortgetragen, all das Feste, die irdenen Gefäße, die Perlen, die Truhen, die Stühle und die Tische an sich vorüberziehen sieht, quellen die Fäden wie warmes Gedärm aus dem Innern der noch ungemalten Linien, als ein blutrotes Knäuel spucken sie sich selber hervor, die Fäden, die das Sichtbare und das Andere bislang zusammenhielten. Das Feste bricht auf und fließt ins Lose, von einem Gefäß in ein anderes, von da aus in ein drittes, in ein viertes.
Zwei, drei lose Fäden, sagt Vermeer, und alles war nur ein kurzes Atemholen.
Er schließt die Läden, zieht die Vorhänge zu und bläst die Kerzen aus.
Der Landlooper will gesehen haben, wie Gerhard

und die anderen noch einmal schnell durch das Bild gelaufen und dann, ohne viel Aufhebens zu machen, verschwunden sind.
Der Landlooper hebt mit seinem Stecken hier und da auf dem Boden liegende Mallappen auf. Er versteht es, sie mit einer geschickten Bewegung des Stockes in die Luft zu werfen und aufzufangen. Die Holzspäne schiebt er mit dem Fuß zusammen. Die Kurbel legt er vorsichtig auf den Tisch. Draußen ist es hell. Die Geräusche der Stadt sind schon laut. Jemand fegt die Kippen zusammen und trägt die Gläser weg. Vermeers Frau schreibt die Einkaufsliste für den heutigen Marktgang. Die Katze schleckt Milch aus der Schüssel. Gerade noch war es noch sommerlich warm, jetzt ist es Herbst. Auf dem Boden krabbelt eine Fliege.
Lass uns endlich gehen, sagt der Landlooper.

Er schaut aus dem Fenster. Was machen wir wirklich? Wir schauen aus dem Fenster oder halten an Bildrändern Maulaffen feil. Vor uns: Felder, Bäume, Täler und Schneisen. Aber in Wirklichkeit sind es farbige Wucherungen, ausblühende Ölflecken, Hohlkörper. Übermaltes. Hier und da sprießen feine Härchen aus Herzkammern, strecken sich bis an die Innenseite der Haut heran, weil sie ans Licht wollen und ins Freie, weil sie sich jetzt, in diesem Augenblick, mit wirklichen Licht- und Luftzuständen vermischen wollen, die da draußen wie ein ausgebreiteter Mantel vorhanden sind. Oft genug ein nützliches Kleidungsstück und für den Wanderer unerlässlich, kann ein solcher Mantel hier Wärmestau und Stickigkeit verursachen, ein lang anhaltendes, kaum merkbares Schwitzen, eine feine Schweißabsonderung, die der Körper nicht will. Eine Kondensschicht bildet sich, ein feuchter Belag, den Hände nicht abwischen können, auch wenn sie es wollten. Das Laufen in solchen Gegenden ist ein Hineinblicken in Furchen und Risse. Dort sind die Schritte und die Bewegungen – die wirklichen Schritte und Bewegungen wie auch die nur vorgestellten und sogar die im Malen selber vollzogenen – die Wendungen des Kopfes und die hin und her fahrenden Hände – am eigenen Körper wie auch entlang des eigentlichen Bildkörpers – die Lidschläge, Atemstöße, Speichelfluss und auch die Perioden jahreszeitlicher Folgen schattenrissartig und in einer massstäblichen Schrumpfung aufbewahrt. Wie der Hund auf dem Bild. Der kleine Köter, der mich ankläfft. Der Alte hat ihn nämlich erst größer gemalt, der Umriss ist sogar noch gut zu erkennen. Jetzt ist er kleiner, macht einen Buckel und schaut mir hinterher.

Vermeer räumt das Atelier auf. Nachmittags lässt er sich mit einem Boot auf die andere Seite des Kanals bringen und schaut hinüber nach Delft.

Hieronymus läuft den Weg herunter. Er geht am Gasthaus vorbei, wo die Magd den Landlooper das letzte Mal gesehen haben will. Die Kuh hinter dem Gatter betrachtet ihn missmutig, sogar der kleine Hund knurrt hinter ihm her. Die am Trog fressenden Schweine quieken, und als er den Kopf wendet, sieht er, wie der Mann mit der Magd in der Tür des Gasthauses steht und ihr an den Busen greift. Was hat sie hier zu schaffen, denkt er. Was treibt sie sich in diesem Haus herum?

Die Frau mit der Perlenkette schließt das Fenster, weil schon so früh am Morgen die Hitze hereinkommt.

Die Spitzenklöpplerin fährt in ihrer Arbeit fort, obwohl ihr die Hände und der Rücken schmerzen. Im Frühjahr soll es fertig sein, denkt sie, im Frühjahr.

Vermeer zeichnet die Silhouette der Stadt mit dem Federkiel in den Sand.

Der Landlooper ist eingeschlafen. Es handelt sich, hat er gerade noch gesagt, um meine Rückkehr.
Was wird sein? Wie er sich aus dem Bild in der Malstube von Hieronymus fortgemacht hat, wird er sich wieder hineinschleichen, die Treppe hoch, leise die Tür hinter sich zumachen. Der Alte wird erst gar nicht merken, dass er wieder da ist. Die Magd muss ihn auf den Rückkehrer aufmerksam machen.
Hieronymus ist alt geworden, wird der Landlooper denken, und die Magd hat rosige Wangen und ein Flattern in den Augen.
Sie hat schon wieder einen anderen, sagt Hieronymus.
Überall dieses blasse Winterlicht. Trotzdem beißt es in den Augen, als er aus dem Fenster schaut. Und vielleicht wird er das Bild so malen, wie er es sich jetzt vorstellt, wie er es als durchsichtigen Schleier vor sich sieht, vielleicht bleibt es aber bloß ein flüchtiges Bild mit einer flüchtigen Figur darin, das vor seinen Augen entsteht und wie nichts weggewischt werden wird. Entweder an den kristallinen Rändern der Fingerspur, die Hieronymus in das reifbeschlagene Fenster hineinzieht, oder am vor Dunst beschlagenen Küchenfenster, wenn die Magd mit dem Jackenärmel über die Scheibe wischt.
Da bist du ja wieder, sagt der Alte.
Der Landlooper dreht sich um.

Es gab schon Bücher *vor* Delft

Libelle & die Farben der Wörter

Angelika Overath
Händler der verlorenen Farben
Wahre Geschichten
176 S., engl. Broschur mit einem Titelbild
von Matthias Holländer • ISBN 3-909081-11-8

»Angelika Overaths Geschichtensammlung sei jedem empfohlen, der sich etwas über die Welt erzählen lassen möchte und einen besonders empfindsamen Blick genießen kann.«
Renée Zucker, ZDF

Matthias Holländer
Das Licht der Dinge
Mit dem Werkverzeichnis 1987–1997.
Mit einem Essay von Adolf Muschg,
Texten von Jörg Fuhrmann und Matthias Holländer.
Ein prachtvoller Katalog, 30x26 cm, 204 S., geb., fadengeh.,
über 60 Farbbilder im 100er-Raster gedruckt,
107 s/w-Abbildungen • ISBN 3-909081-18-5

Yasmina Reza
»KUNST«
Komödie. Aus dem Französischen
von Eugen Helmlé.
4. Aufl., 72 S., büttenkartoniert • ISBN 3-909081-77-0

»Yasmina Rezas Stücke handeln unterhaltsam und nachdenklich, nie sentimental oder selbstgefällig, von den ältesten Passionen. Erzählen von den Komödien des Verstands und der Politik der Gefühle: auf jener nicht endenden Reise von Menschen aufeinander zu, aneinander vorbei.«
Peter von Becker, theater heute

Libelle : Literatur

(immer wieder auch mal *ausgezeichnet…)*

Deutscher Krimi-Preis

Ulrich Ritzel

Schwemmholz

Roman, 416 Seiten, geb.,
mit einem Umschlagbild von Adolf Dietrich.
Im Schutzumschlag ein dezentes Register der handelnden &
abwartenden Personen • ISBN 3-909081-89-4

Rauriser Literaturpreis

Katrin Seebacher

Morgen oder Abend

Roman, 3. Auflage, 316 Seiten, Leinen,
mit einem Umschlagbild von Matthias Holländer.
ISBN 3-909081-76-2

Bodensee-Literaturpreis

Manfred Bosch

Bohème am Bodensee

Literarisches Leben am See von 1900 bis 1950

2. Auflage, gebunden, 624 Seiten, 464 Abb.,
mit einem 16-seitigen Register
»Menschen, auch unliterarische« von *Alexander Abusch* bis
Ulrich Zwingli und einem 6-seitigen Register
»Orte, Länder, Wüsteneien«
ISBN 3-909081-75-4

Wenn Sie wollen, können Sie noch mehr erfahren.
Ziemlich neue und weiterführende Nachrichten unter:
www.libelle.ch

Bewährte & fortdauernde News, schön gedruckt als Prospect:

Libelle • CH-8574 Lengwil am Bodensee

Nach Delft gehen ist das erste literarische Werk von Peter Stobbe.
Libelle hofft auf mehr.

Geneigte Dauerleserinnen und beständige Fans unseres Programms erinnern sich an das ganz andere Buch über einen Landgang (durchs hügelige Land im Thurgau, also ziemlich südlich von Delft, und mit einem Titel, der einem Motiv von Brueghel abgeschaut war:)

Hermann Kinder
Himmelhohes Krähengeschrei
Drei Tage auf dem Jakobsweg, beginnend am Bodensee, weit vor Compostela endend mit dem Versuch, rasch das Glück zu packen
Kammerprosa
136 S., geb., mit einem Titelbild von Walter Matysiak und Überraschungen im Schutzumschlag
ISBN 3-909081-21-5
(Rezensionen aus ZEIT, FAZ, Zürcher Tages-Anzeiger, Basler Zeitung, Literaturen, Frankfurter Rundschau, Berner Bund etc. auf unserer Homepage).

Überhaupt sind die eigentümlich lebenskräftigen Figuren in unseren Büchern in alle Welt unterwegs:
In **Fritz Mühlenwegs »In geheimer Mission durch die Wüste Gobi«** geht es per Kamel, LKW und dann zu Fuß durch die Mongolei und überraschenden Einsichten zur Lebenskunst entgegen.
(Womit auch erklärt ist, warum uns beim Anblick eines irritierend schön ruhevoll-unruhigen Bildes in einem Ausstellungs-Katalog von Peter Stobbe dann der Bild-Titel
»Mongolei«
den finalen Kick gab, es auf den Umschlag seines Buchs zu drucken …)

Freunde des poetischen Realismus, die sich an *realia* erfreuen können:
Hieronymus hat sein Bild 1503 gemalt,
es wird inzwischen unter dem Titel »Der verlorene Sohn geführt«,
hieß aber früher, lang ist's her,
in einer mittelniederländischen Schreibweise auch *Landlooper.*

Gedruckt und gebunden
bei Pustet in Regensburg
im Sommer 2001.

1. Auflage

ISBN 3-909081-91-6